KB119593

죽음이 삶에 스며들 때

죽음이

삶에

스며들 때

Tage in Weiß

라이너 융트 지음
이지윤 옮김

위즈덤하우스

다른 사람을 위해 자신을 버려가며 열정을 다하는 모든 의사와
지금도 희망을 잃지 않고 묵묵히 싸우고 있는 모든 사람에게
이 책을 바칩니다.

나는 학생이었다. 켜진 라디오에서 니코틴과 양말 냄새가 났다. 그 환자의 머리카락은 노란색이었고 입안에는 치아가 남아 있지 않았다. 원래 결막이었던 자리는 탁하고 질긴 막으로 덮였고 혈관들이 그 주위를 구불구불 에워싸고 있었다. 후두 아래에 삽입된 관 때문에 그는 나와 말을 주고받을 수 없었다. 내 임무는 가끔 환자의 기관에 석션을 넣어 가래를 제거하는 것이었다. 그럴 때마다 환자는 기침을 했고 혈관은 곧 튀어나올 것처럼 심하게 움찔거렸다. 환자의 목 한편에서 피부를 뚫고 나온 종양은 마치 그 몸이 자기에게 속해 있다는 사실을 증명이라도 하려는 듯 환자의 심장과 함께 박동했다.

　환자는 불현듯 위를 쳐다보며 동공을 작게 만들어 초점을 맞추었고, 무언가를 고민하는 것처럼 머리를 살짝 까딱였다. 그리고 걸걸한 소리와 함께 그의 목에서 연필 굵기의 핏줄기가 솟구쳤다. 출혈이 시작될 때 라디오에서는 〈나는 남편으로 카우보이를 원해〉라는 노래가 나오고 있었다.

인생은 쉼 없이 계속된다

잠에서 깬 나는 땀을 흘리지 않았다는 사실에 놀랐다. 바깥은 아직 어스름했다. 반짝이는 거리 위엔 옅은 안개가 낮게 깔렸고 가로등은 아직 밝았다. 드문드문 발자국 소리가 들렸다. 문들이 쾅 하고 닫혔다. 나는 잠에서 깼고 혼자였다.

혼자라는 것엔 불안정하다는 주석이 달린다. 고등학교를 졸업한 지는 오래다. 그렇지 않았더라면 아침 식탁이 텅 빈 채로 나를 기다리는 일은 없었을 것이다. 아침에 일어나 어머니와 이런저런 얘기를 나눈 다음에 차를 타고 학교로 갔을 것이다. 나는 학교가 안전한 정거장이라고 생각했다. 그런데 지금은 혼자 식탁에 앉아 불안이 귓속에서 웅얼대는 소리를 듣는다.

나는 대학에서 의학 공부를 시작했다. 그것도 뮌헨에서. 정말 대단해, 좋은 기회야! 모두 잘될 줄로만 알았다. 처음에는 정말 그랬다.

나는 내 의지가 약하다는 걸 알고 있었다. 기회를 잡았다는 기분에 도취되어 의사의 길이 내가 원하는 진짜 목표라고 인식하기 시작했지만, 여전히 확신할 수 없었다. 내가 고심하는 동안에도 인생은 쉼 없이 계속되었다. 주변 사람들은 전혀 혼란스럽지 않아 보이는 것이 의아했다.

땀냄새와 구취가 소용돌이치는 대중교통을 탄다. 자리를 차지하고 앉은 사람들은 신문을 읽었다. 몇몇은 멍하게 창밖을 바라보았다. 내 맞은편 사람이 푸석푸석한 입술을 반쯤 벌리고 증기를 뿜듯 조용히 욕설을 뿜어냈다. 손에 들고 있던 병이 바닥에 떨어지자 몇 초 만에 맥주 냄새가 퍼졌다. 내 눈엔 병을 떨어뜨린 사람이 진정한 자유를 누리는 유일한 사람으로 보였다.

지하철에 탄 사람들에겐 확실한 목적지가 있었다. 내 목적지는 불안정했다. 나는 기진맥진한 상태로 지하철에 의해 수동적으로 옮겨졌다. 창밖으로 보이는 글씨를 1초 만에 읽고 무언가 알아내면서 계속 지하철에 타고 있었다. 처음에는 소음을 배경으로 정류장이 보였고 바깥의 정보가 너무 빨리 지나가자 얼룩진 유리창 위로 일그러진 내 얼굴이 보였다.

지하철에 탄 사람들은 일을 하러 갔다. 보험사로, 은행으로, 학교로, 사무실로.

나는 지하철을 타고 죽음을 만나러 갔다.

페텐코퍼가, 지하철에서 내렸다. 나는 신문 판매원들을 쌩하니 지나쳤다. 그들은 인구 대부분이 문맹인 나라에서 왔다. 반들반들하게 닳은 100년 된 계단 위를 비틀거리며 걸어서 해부학실로 향했다. 겨울의 가녀린 태양빛을 맞고 선 포플러 나무문에서 포르말린 냄새가 났다. 예전부터 해부학 수업은 기온이 낮은 겨울 학기에 개설되었다. 건물 앞에 팀별로 모인 신입생들은 두근대는 가슴을 다독이며 햇볕으로 몸을 덥히고 있었다. 시신 한 구를 공유하는 팀이다. 몇몇은 입에 담배를 물고 있었다.

그중에 얼음처럼 차가운 노르웨이 마법사도 있었다. 금발에 새하얀 피부. 그의 푸른 눈이 나를 향했다. 완전히 앙다물어지지 않은 입술은 언제라도 키스할 수 있을 것 같다는 느낌을 주었다. 그와 함께 대학병원의 높은 계단을 오르던 중 갑자기 꽃들이 만발한 진청색 피오르에서 불어온 향기가 나를 에워쌌다. 나는 그 향기를 맡으며 우리가 함께 자작나무로 만든 보트를 타고 이 모든 것으로부터, 포르말린 냄새와 내 안의 두려움으로부터 멀어지는 상상을 했다.

해부학 팀은 내가 처음으로 속하게 된 조직이었다. 학생 여덟 명씩으로 구성된 각 팀은 테이블 하나를 앞에 두고 통성명을 했다. 그 테이블 위에는 한때는 사람이었던 존재가 두껍고 광나는 검은 비닐에 덮인 채 누워 있었다. 해부학 강의실은 문화재로 보호되는 장식이 많은 방으로, 여러 개의 반원으로 공간이 분할되어 있었다. 바깥세상의 빛은 몇 미터 높이의 불투명한 창문을 통과하지 못하고 사라졌다. 끔찍한 공기, 초조함과 긴장, 흥분과 두려움이 음주 운전자가 모는 이층 버스처럼 우리 사이를 채우고 있었다.

나는 테이블을 사이에 두고 마주선 노르웨이 마법사를 향해 호기심이 솟구치는 것을 느꼈다. 호기심이 내 안에서 껑충껑충 뛰어다니며 나를 뒤흔드는 기분이었다. 우리 앞에는 비닐이 있고 그 아래엔 시신이 있었다. 스피커에서 저음부가 없는 건조하고 차분한 교수의 목소리가 흘러나왔다. 바깥에선 익숙한 도로의 소음이 흘러 들어왔다. 마법사는 테이블에 펼쳐진 황량한 풍경에 적응하려는 듯 검은 비닐을 빤히 쳐다보았다. 그것은 남성의 시신이었다.

교수는 '품위'와 '인간'이란 단어가 들어간 문장으로 수업 안내를 마쳤다. 조교들이 테이블로 다가와 시신을 덮고 있던 비닐을 벗겼다. 400명의 젊은 학생이 일제히 테이블을 내려다보았다. 그 이후로 해부학 팀원들끼리 만나 술을 마시면서 우리가 처한 불행과 그 밖의 여러 가지에 대한 농담을 나누곤 했지만 이 첫 순간만은 결코 입에 올리는 법이 없었다.

죽은 사람을 보고, 탐구하고, 해부한 것은 그때가 처음이었다.

그 시신을 열기 위해 테이블로 다가가는 순간부터 우리는 우스갯소리, 불필요한 말, 요점에서 벗어난 모든 것으로부터 차단되었다. 희미한 불쾌감과 호기심으로부터도. 우리의 내부는 어떻게 이루어졌는가? 이 질문은 마치 눈에 들어간 포르말린처럼 나를 강하게 자극했다. 이제는 모든 것이 끝난 한 사람의 몸이 거기에 놓여 있었다. 우리는 그것을 열어 부품들과 그 사이의 상호작용을 탐구했다. 그건 말도 안 되는 짓이었다.

나는 시신을 보았다. 검게 탄 피부는 이제 창백해졌고 솜털이 둘러싼 양쪽의 광대뼈는 높이 솟아 있었다. 그 위로 움푹 패인 두 개의 동굴은 결코 보고 싶지 않은 형상이었다. 내가 서 있는 위치에서는 이리저리 균열이 생긴 검은 유두가 보였다. 노르웨이 마법사는 배꼽을 쳐다보고 있었다. 60년 혹은 70년 전, 망자와 그 어머니 사이에 태반 순환이 일어났던 흔적이었다.

　갑자기 분위기가 술렁였다. 한 학생이 시신의 가느다란 팔에서 백합 문신을 발견한 것이다. 어째서 백합이었을까? 곧 다른 팀에서는 숫자 문신을 발견했다.

　해부학 조교가 다가와서 우리가 해야 할 일을 설명하고 목에 있는 관을 하나하나 알려주었다. 그리고 도구 다루는 법을 단 두 문장으로 설명한 다음, 핀셋과 메스를 잡았다. 우리는 해부용 도구함, 즉 수술용 공구가 담긴 필통을 하나씩 가져왔다. 그는 핀셋으로 피부를 한 조각 잡아서 텐트 모양이 되도록 당긴 다음 메스로 잘라냈다. 피부의 더 밝은 쪽과 더 어두운 쪽이 나타났고 더 어두운 쪽이 근육이었다. 나는 작업해야 할 부분을 배정받고 정해진 방식대로 일하기 시작했다. 한동안 다른 학생들이 하는 것을 보다가 내가 맡은 일을 계속했다. 최소한의 동작만 하는 조용한 작업이 이어졌다.

집중.

검은 가운을 걸친 해부학 교수가 아무 소리 없이 테이블 사이를 오갈 때면 우리는 바짝 얼어붙었다. 그는 먼저 우리가 발굴한 것들을 노련하게 살펴본 다음, 우리에게 이런저런 도움을 주었다. 우리가 신경 하나를 찾아내지 못하자 교수는 팔꿈치 아래와 손만을 움직여 시범을 보였다. 신체의 다른 모든 부분은, 교수의 표정처럼 미동도 없이 굳어 있었다. 네온등 아래에서 작은 손을 놀려 작고 노란 신경 한 줄기를 찾아낸 교수는 보이스카우트가 활을 만들 듯 핀셋으로 그 양끝을 팽팽히 잡아당겼다. 그는 약 2초 정도 학생들이 숨죽여 지켜볼 시간을 준 다음, 찾아낸 것을 다시 살점 사이로 떨어뜨렸다. 그리고 우리 중 하나를 길게 응시하다가 몸을 홱 돌려 다음 테이블로 갔다.

각 테이블이 검사를 받는 내내 강의실은 쥐죽은 듯 고요했다. 속삭이듯 나지막이 내뱉는 교수의 말을 알아듣기 위해 학생들은 거의 움직이지 않는 그의 얇은 입술을 뚫어지게 쳐다봤다. 시험을 당하는 학생과 교수 사이의 삭막한 공간에 울려퍼진 해부학 전문용어들은 정상적으로 분포한

근육이나 해부된 심실 위를 떠다니다가 환풍구로 빠져나갔다. 그때 우리의 자신감도 함께 빠져나갔다.

　노르웨이 마법사는 노련했다. 첫날을 마무리하고 집으로 돌아가는 지하철에서 나는 코끝에 남은 노르웨이 마법사의 톡 쏘는 향수 냄새를 느꼈다. 흥분으로 빛나던 얼굴과 조심스럽게 시신을 해부하던 얼굴 위에서 흔들리던 여린 솜털도 눈에 선했다.

　종강 파티를 앞두고 시신은 낱낱이 해부되었다. 종강 파티에서는 테킬라 냄새가 진동했다. 그날 노르웨이 마법사는 지방이 1그램도 없을 것 같은 몸을 나에게 밀착시키고 입을 맞추었다.

신혼여행에서 생긴 일

굳게 닫힌 내 눈꺼풀 뒤로 희미한 이미지들이 지나갔다. 흐름을 이루던 이미지들이 소용돌이가 되면 내 기분은 두둥실 떠올랐다가 다시 푹 주저앉았다. 가수면 상태에서 잠시 선명한 의식이 돌아왔다가도 다시 무채색 화면이 계속되었다. 새벽 4시였다. 내 안에서 모든 것을 알아내고, 납득하고 싶다는 어떤 충동이 날뛰었다.

마음속에 불타오르는 기둥이 하나 있고, 그 옆에는 성가신 부스러기, 실망스러운 냄새가 가득했다. 내가 바란 것은 그저 의미 있는 인생을 사는 것이었다. 그것을 위한 두 번째 기회는 지금의 노력 너머에 있었다.

나는 신경외과 병동에서 수련 중이었다. 나는 젊었고 의욕적이었으며 시스템에 편입된 지 얼마 안 된 초짜였다. 석재 천사상 두 개로 장식된 문을 통과해 병동으로 들어갔다. 그 즉시 발이 반들반들한 돌바닥에 붙어 떨어지지 않았다. 환자복을 입은 사람들이 외딴 섬에서 처음 사람을 발견한 것처럼 내 쪽으로 다가왔다. 그중 몇몇은 불을 붙이지 않은 담배를 입에 물고 있었다.

의국에서 옷을 갈아입으며 어떤 간호사가 오늘 근무인지 빠르게 스캔했다. 오늘은 어떤 사람이 내 편에 설 것인가.

병동은 넓고 추웠다. 마취과, 신경외과, 일반외과, 외상외과, 내과의 여러 분과, 방사선과, 종양학과, 병리학과 등 모든 과가 다 그곳에 있었다. 병상이 모인 인구 과밀 지역을 각 과의 스테이션이 둘러싼 형태였다. 때로는 차를 타고, 때로는 헬리콥터를 타고 날이면 날마다 응급의가 왔다. 그가 데려온 사람들은, 누군가 스위치를 꺼버린 것처럼 눈에 아무런 감정도 남아 있지 않았다.

머리에서 혈관이 터지고 피가 뇌로 발사되면 3분의 1은 죽고, 3분의 1은 살아남지만 심각한 장애를 겪고, 3분의 1은

멀쩡하게 살아남는다. 삶의 어떤 맥락은 숫자로 간단하게 정리된다. 그런 출혈은 끔찍한 두통을 유발한다. 무언가가 파괴되면서 생기는 통증이다.

우리 중 많은 사람이 자기 뇌혈관에 동맥류가 일어난 것을 모르고 살아간다. 부풀어 오른 동맥은 갑자기 찢어질 수 있고, 부풀어 오른 상태가 평생 유지되기도 한다. 우리가 어느 쪽에 속할지를 확실히 알 길은 없다. 우연찮게 MRI(자기공명영상) 촬영을 했다가 일정한 크기 이상의 동맥류가 발견된 환자는 수술을 받는다. 동맥류가 파열되어 걷잡을 수 없는 상황에 치달을 위험이 아주 크기 때문이다.

문제는 수술 또한 위험을 감수해야 하고 후유증을 일으킬 수 있다는 데 있다. 수술을 하다가 혈관이 터지면 그 혈관에 연결된 뇌 부위에는 더 이상 피가 통하지 않는다. 그러면 뇌졸중의 결과와 유사한 장애가 발생한다.

신경외과 의사는 끊임없는 딜레마에 빠진다. 결정은 의사의 몫이다. 가끔은 오직 혼자서 결정해야 할 때도 있다. 우발적으로 일어날 수 있는 경우의 수가 너무 많아서 그 누구도 어떤 결정이 옳은지 판단할 수 없기 때문이다. 위험 요소가 전방위로 터질 가능성은 '배제할 수 없는', '상상 가능한', '있음직한', '생각해 볼 수 있는' 등의 수사로 요리조리

피해간다. 어떤 결정이 내려지든 한 인간에게 심각한 결과를 초래할 수 있다.

   그날 아침, 붉은빛이 도는 금발머리 환자가 우리를 찾아왔다. 붉은빛의 주근깨가 가득한 이 30세 여성은 최근에 미술사 박사 학위를 땄다고 했다. 연인이 꼭 껴안고 있는 독특한 조각상에 대한 박사 논문을 썼다. 그리고 대학에 남아 학생들을 가르치면서 자신의 열정과 감성을 다른 이들에게 전하고 싶어 했다. 예술에 매혹된 사람이었다. 또한 이제 막 결혼을 한 그는 아이를 갖고 싶어 했다.
   그 부부는 피렌체로 신혼여행을 떠났다. 그는 산타마리아 델 피오레 대성당에서 어떤 그림을 감상하다가 발작을 일으켰다. 경련은 한쪽 팔이 마음대로 움직이며 처음 시작해서 어깨로 올라와 흉곽으로까지 번졌다. 다른 관람객들이 깜짝 놀라 그를 쳐다보았다. 의식이 말짱한 상태로 경험한 경련은 엄청난 두려움을 느끼게 했다. 남편이 측면 예배당에서 급히 달려왔을 때, 아내는 입을 벌리고 동공이 활짝 열린 채로 바닥에 누워 멍하니 벽을 바라보고 있었다.
   거기에 단테 알리기에리가 있었다. 그림에서 굳은 얼굴의 단테는 왼손에 신곡을 들고 오른손으로는 거의 경멸조로 자기 뒤에 있는 지옥과 천국을 가리키고 있었다. 하지만 그는 그림을 오래 보지 못했다. 그의 뇌에서 일어난 번개와 천둥, 벼락이 의식을 강타했다. 남편은 필사적으로 도와달라고 외쳤다. 하지만 84미터 높이의 돔 지붕이 사람들의 접근을 막고 있었다.

환자가 피렌체 근교 카레지의 병원에서 깨어났을 때 남편은 그의 곁 대신 의사의 책상 앞에 있었다. 이제 막 결혼한 새신랑은 진단 내용을 듣기도 전에 우아한 이탈리아 의사가 풍기는 속수무책의 분위기를 감지했다. 의사는 남편에게 아내의 CT(컴퓨터 단층촬영) 사진을 보여주었다. 검은 바탕에 그려진 회색 덩어리가 아내의 뇌라고 했다. 의사가 그중 흰 얼룩을 가리킨 다음에야 비로소 남편은 흰 얼룩의 존재를 알았다. 의사는 얇은 입술로 아내의 소뇌에 혈관종이 하나 있고 대뇌에도 하나 더 있는데 대뇌에 있던 혈관종이 터졌다고 말했다. 거기서 피가 흘러나와 발작을 일으켰다고 설명했다. 그리고 운 좋게도 아내가 다시 건강해졌다고 말했다. 혈관종을 어떻게 해야 하는 것 아니냐는 물음에 의사는 그건 독일에서 다시 상담을 받아보라고 답했다.

눈이 빨개진 남편은 속이 더부룩한 기분을 느끼며 중환

자실로 돌아왔다. 이탈리아 병원은 환자를 독일로, 우리 병원 신경외과로 전원했다. 남편도 동행했다.

그들의 신혼여행 기간은 줄어들지 않았다. 환자가 독일 자동차 연맹의 수송기를 타고 귀국할 수 있을 만큼 상태가 안정되길 기다리며 며칠을 더 피렌체에서 보내야 했기 때문이다. 독일로 돌아왔을 때는 떠날 때 예상했던 것과 완전히 상황이 달랐다. 그들의 인생 전체가, 계획이, 아이를 낳고 행복하게 살려던 소망이 성당에서 530년 된 그림을 감상하던 1초 사이에 달라졌다.

환자가 외래로 우리를 찾아왔을 때는 병색이 거의 드러나지 않았다. 두통이 있고 눈을 심하게 옆으로 흘기면 상이 두 개로 겹쳐서 보이는 정도였다. 그걸 제외하면 겉으로 드러나는 이상은 보이지 않았다. 그는 MRI 사진을 무릎에 올려 두고 우리를 기다리고 있었다. 주임전문의가 오랫동안 사진을 들여다본 다음, 수석전문의에게 웅얼웅얼 무언가를 말했다. 그러고선 다시 환자와 배우자 쪽으로 돌아앉았다.

"여기 소뇌에 혈관종이 하나 있습니다. 이 부분의 출혈이 뇌간에도 영향을 줄 수 있는데 그러다 뇌간을 압박하게 되면 그때는 치명적입니다."

둘은 잠자코 그의 말을 들었다.

"대뇌에 있는 혈관종은 표면이라 큰 문제가 되지 않았을 겁니다."

　환자의 손이 손수건을 꼭 쥐었다.

　"같은 자리에 또다시 출혈이 일어날 위험이 매우 높습니다. 그러니 수술을 해야만 합니다."

　주임전문의는 말을 마치자마자 수석전문의를 쳐다보았다. 그리고 다시금 웅얼웅얼 무언가를 말했다. 두 동료 의사의 등 뒤에서 뻗은 햇살이 병실을 대각선으로 가로질렀다. 환자의 붉은 금발이 산호초처럼 빛났다.

　환자의 배우자는 넋이 빠져 마치 그 자리에 없는 사람처럼 앉아 있었다. 거기에 남은 건 그의 껍데기였다. 퀭한 눈에서 지난 2주간의 마음고생이 보였다. 길게 뻗은 다크서클이 눈 아래를 뒤덮었다. 입술은 빠짝 말라 있었다.

　주임전문의에게 상담을 받은 지 2주 후, 환자는 수술을 위해 병동에 입원했다. 동행한 배우자는 그동안 존재감이 더 희미해진 것 같았다. 환자는 병실 탁자에 연인상이 그려진 엽서 한 장을 세워놓았다. 어깨의 근육선 하나하나가 도드라지게 표현된 한 남성과 주름투성이인 여성이 무표정한 얼굴을 찰싹 맞댄 조각상이었다. 그는 내게도 같은 엽서를 선물했다. 그 엽서는 몇 주 동안 내 차의 조수석 위에 놓여 있었다.

환자는 열 시간 동안 수술을 받았다. 그리고 깨어났다. 깨어났다는 것 자체는 좋은 일이었다. 하지만 그의 오른눈이 왼눈과 다른 방향을 쳐다보고 있었다. 그리고 그는 음식을 삼키지 못했다.

이런 변화의 이유는 단순했다. 혈관종이 눈의 움직임을 제어하는 뇌 중앙 가까이에 있었던 것이다. 그리고 수술 중에 삼키는 과정을 책임지는 뇌신경인 혀인두신경의 신경핵이 손상되었다. 이 신경은 혀 뒤쪽의 민감한 반응을 담당한다. 우리가 칫솔질을 너무 깊이 하면 구역질이 나는 것은 이 신경이 정상적으로 기능하기 때문이다. 무엇보다 이 신경은 인두근육에 자극을 전달하여 음식을 삼키게 만든다. 그렇다면 한 사람에게 양쪽으로 두 개가 있는 이 신경의 핵심 부위에 손상이 생겼다는 것은 무슨 뜻일까?

일단, 마실 수가 없다는 뜻이다. 물이 곧장 폐로 흘러들어가기 때문이다. 사레들려 본 사람은 그 불쾌함을 알 것이다. 그런데 혀인두신경에 손상이 생기면 액체가 기관으로 흘러들어 가는 것을 막을 수가 없다. 삼킬 수가 없으니 먹을 수도 없다. 반사작용이 아예 일어나지 않는다. 음식은

풀죽처럼 입안에 들러붙어 있고, 그걸 어떻게 목 깊이 밀어넣는다고 해도 그냥 거기에 머물러 있을 것이다. 삼킬 수도없고 토할 수도 없으므로 음식은 어느 길목에 들러붙게 된다. 그중에서도 주로 폐로 가는 길목에 잘 들러붙는다. 혼자서는 생명을 유지할 능력이 없다는 의미다.

침상에 누워 있는 환자의 상태는 끔찍했다. 환자의 오른눈은 오른쪽으로 창문 너머를 바라보았다. 환자의 왼눈은 위쪽으로, 천장을 쳐다보았다. 두 눈에선 끊임없이 눈물이 흘렀다. 퉁퉁 부은 피부는 부스럼투성이였다. 머리 안의 부종을 막기 위해 우리가 주입한 코르티손의 부작용이었다. 귀여운 주근깨는 사라지고 코에는 위장으로 영양을 공급하는 호스가 꽂혔다. 기관 절개된 목에 꽂힌 호스는 지속적으로 분비물을 빨아들였다. 그래서 목에서는 걸걸한 소리가 났다. 미주신경 마비, 그리고 그로 인해 성대의 운동을 담당하는 하위 기관인 되돌이후두 신경의 마비. 그로 인해 그는 더 이상 정상적으로 말할 수 없게 되었다.

나는 그의 침상 곁에 앉았다. 그의 한쪽 눈은 나를 바라보았다. 다른 쪽 눈은 연인상 엽서를 쳐다보고 있었다. 두 눈 모두에 눈물이 그렁그렁했다. 기관절개관이 부글대는 소리가 절박하게 들렸다. 그와 연결된 기계들에선 끊임없이 알람이 울리고 신호등이 깜박였다. 그럴 때마다 비슷한 환자를 열 명이나 돌봐야 하는 중환자실 간호사가 어디선가 나타나 무표정한 얼굴로 스위치를 눌러서 소음을 죽였다.

나는 엽서를 바라보았다. 연인들. 그도 그걸 보고 있다고 생각했다.

그리고 그때 어떤 묘한 일이 일어났다. 그가 아주 천천히 그리고 부드럽게 내 손을 잡은 것이다. 그는 아주 잠깐 내 손을 꼭 쥐었다. 그리고 다시 풀었다. 아마 그는 이 세상 모든 것이, 심지어 아름다움과 사랑도, 그리고 우리가 가치 있다고 추켜세우는 모든 것들마저도 부질없다는 말을 하려고 했던 것 같다. 천국과 지옥은 고작 1밀리미터 굵기의 신경으로 나누어진다고. 신경손상으로 눈을 거의 감지 못하기 때문에 그의 눈에는 줄곧 눈물이 맺혀 있었을 것이다. 하지만 또한 그는 울기도 했을 것이다. 어쩌면 그는 운명이, 신이 자기를 주인공으로 쓴 각본이 얼마나 저속한지를 깨달은 후부터는 줄곧 울었을지도 모른다.

아주 작은, 몇 밀리미터 크기의 혈관종이 모든 것을 없애버렸다. 서로 사랑하던 연인을 갈라놓았다. 일단 둘 중 하나를 파괴하고 다른 하나는 희망에 매달리게 내버려 두었다가 나중엔 신경도 쓰지 않았다. 그리고 그의 머릿속엔 '왜?'라는 질문이 경보음처럼 찌릉찌릉 울렸을 것이다. 하지만 우리는 답을 줄 수 없었다. 대신 판에 박힌 말을 늘어놓으며 답을 찾으려는 그의 노력을 몇 분간 중단시켰다.

얼마 후 환자의 남편을 스테이션에서 마주쳤다. 그는 한결 안정을 되찾은 것처럼 보였다. 그는 아내를 수용할 수 있는 요양원에 대해 문의했다. 그래도 삶은 계속돼야 한다는, 그런 순간 사람들이 많이 하는 말을 했다. 어쩌면 그 말은 진실이 아닐지도 모른다. 어쩌면 삶은 계속될 필요가 거의 없을지도, 어쩌면 전혀 없을지도 모른다.

전혀.

우리가 해야 할 단 한 가지는 기적이 되는 것이다. 약해짐으로써. 죽음으로써.

나는 지하철을 타고
죽음을 만나러 갔다.

내 도움은 적시에 도달하지 못했다

나는 머리에, 핵심에 머무르고 싶었다. 그래서 신경외과 수련 기간이 끝나자 두경부(Head and neck) 병동으로 갔다. 그리고 어느 화창하던 날, 여유가 꽤 오래 간다 싶던 차에 스테이션 간호사가 한 환자에게 가보라고 소리를 질렀다.

내가 병실로 달려갔을 땐 중간 병상이 비어 있었다. 운동복 차림으로 창가에 선 환자 하나가 어색하게 팔짱을 낀 양손을 심하게 떨고 있었다. 문가 침대에는 다른 환자가 가발을 소파에 걸쳐놓고 곤히 자고 있었다. 욕실에서 수도꼭지를 최대치로 열어놓은 소리가 들렸다. 나는 무게감이 거의 없는 욕실 문을 열었다. 발판을 딛고 세면대를 구명튜브처럼 붙잡고 꼭 매달린 여성이 보였다. 세면대 도기에는 검은 얼룩이 흩뿌려져 있었다. 그는 3초마다 선홍빛 피를 한 숟가락씩 토해냈고 그것은 세찬 물살에 휩쓸려 내려갔다. 그는 내 기척을 알아채지 못했다. 나는 세면대 위 거울을 통해 환자가 누구인지, 잠시 얼굴을 판별했다. 그새 환자는 다시 피를 토했다.

무슨 일이 일어났는지를 파악하는 건 어렵지 않았다. 며칠 전 그는 인두 수술을 받았다. 악성종양은 아니었고 비대해진 혀의 근육을 축소하는 수술이었다. 혀의 뿌리가 있는 입안 깊은 곳, 기관이 시작되는 후두개 연골 바로 위, 거기서 혈관 하나가 터진 게 분명했다. 큰 출혈은 아니었으나 피가 곧장 기도로 흘러 들어갈 수 있었다. 심하지 않았지만 기침으로는 다 뱉어낼 수 없는 양이었다. 기관으로 흘러 들어간 피는 굳는다. 그래서 그는 자기 몸에서 흘러나온 피 때문에 숨이 막히기 시작했다.

"입을 벌리세요!"

내가 외치자 환자는 나를 무관심한 표정으로 쳐다보았다. 당황한 낌새도 없었다. 동공은 솟구친 아드레날린 때문에 쪼그라들었고, 환자는 그저 어리둥절하고 무기력해 보였다.

"흐으음므."

내 바지에 핏덩이가 튀었다. 뒤에서 비명이 들려 돌아보니 욕실 문 근처에 서 있는 같은 병실의 환자가 두 손으로 볼을 감싸고 내지르는 소리였다. 그 리듬에 맞춰 거울 위에 달린 전등이 낮은 음조로 윙윙거렸다.

세면대 앞 환자는 다시 피를 토했고 나는 환자 옆에 섰다. 하늘색 꽃무늬 잠옷에 흩뿌려진 핏방울이 태양계 전체 같았다. 환자가 한쪽 손으로 세면대 가장자리를 내리쳤다. 물줄기에서 거품이 일었다. 환자는 계속 세면대를 때렸다. 나는 병실 문을 열고 스테이션의 간호사를 향해 소리를 질렀다.

"코드블루 요청해 주세요, 빨리요."

"네?"

"어서, 코드블루."

환자의 얼굴이 백지장처럼 새하얗게 변했다. 핏방울은 더 이상 물줄기에 씻겨 내려가지 않았고, 흰 도기에 남은 진홍빛 자욱은 섬뜩했다. 환자는 발판에 고꾸라졌다. 나는 환자의 팔 아래를 들어 욕실 밖으로 끌고 나와서 병실 한가운데의 바닥에 눕혔다. 그는 숨을 쉬지 않았다.

그가 숨을 쉬지 않았다.

두 눈은 반쯤 열려 있었다.

나는 그의 입을 열어 손으로 핏덩이를 끄집어냈다. 석션. 삽관. 빨리.

빨리!

생사가 오갈 때 몇 초는 영원이 된다. 평소엔 빨리, 너무 빨리, 우리가 알아채지도 못하도록 빨리 흘러가는 단 몇 초가.

나는 기다리며 계속 핏덩이를 닦았다. 그는 더 이상 숨을 쉬지 않았다.

TV를 보며 무심히 흘려보낸 몇 분, 몇 시간. 딴생각에 빠지면 통째로 사라지는 시간. 같은 시간이라도 다른 상황이 되면 단 1초가 아쉬워진다. 상온에서 뇌가 산소를 공급받지 못하면, 더 이상 숨을 쉬지 않으면, 뇌는 죽어가기 시작한다. 그리고 2분 후엔 죽는다. 생명이 한 인간으로부터 소리도 흔적도 없이 달아나는 데는 많은 시간이 필요치 않다.

문이 벌컥 열렸다. 코드블루. 마취과 의사와 간호사, 둘 다 빨간 응급배낭을 메고 있다. 그들은 스타카토를 찍듯 말한다.

"삽관."

"석션!"

1초가 날아갔다.

"석션, 빨리."

소형 석션이 방으로 들어왔다. 그들은 환자의 입안을 깨끗하게 비웠다. 커다란 적갈색 핏덩이가 빨려 들어갔다. 나머지는 손가락으로 닦아냈다.

"후두경, 튜브 6.5!"

드디어 삽관을 시작했다. 마취과 의사는 작은 램프가 달린 후두경을 인두로 밀어 넣었다. 그러나 곧장 다시 끄집어내야 했다. 램프가 피범벅이었다.

"석션."

다시 빨아들이기.

"아무것도 안 보여. 아무것도 안 보여."

"석션."

램프를 닦았다. 간호사가 새 튜브를 건넨다. 2분이 순식간에 사라졌다. 지체하거나 머뭇거리지 않고 그대로 사라졌다.

"내가 할게."

우리는 인공호흡을 시도했다. 폐 소리를 들었다. 환자의 폐에서는 피가 부글대는 소리밖에 들리지 않았다. 한 명이 심장 마사지를 시작했다. 환자의 잠옷에는 원래 파란색 꽃무늬가 그려져 있었다. 지금은 그 꽃 하나하나가 붉게 물들 었다. 마사지 리듬에 맞춰 꽃잎이 파르르 떨렸다.

　배가 부풀어 올랐다. 우리는 한 번 더 가슴 소리를 들었 다. 우리가 집어넣은 공기는 폐가 아니라 위장으로 들어갔 다. 긴 시간은 아니었지만 그래도 시간은 계속 환자의 몸에 서 힘차게 빠져나오고 있었다. 붙들려는 우리를 매몰차게 등진 채로. 튜브를 빼낸다. 석션으로 빨아들인다. 다시 빨 아들인다. 다시 삽관한다. 이번엔 잘 들어갔다. 소리를 듣 는다.

　"이제 해도 될 것 같아."

　숨 불어넣기. 압박. 압박.

　우리는 수술실로 달렸다. 마취과 의사가 침대 위에 앉아 서 1분에 백 번씩 환자의 흉부를 압박했다.

　수술복으로 갈아입으면서, 나는 우리가 무엇을 해야 하 는지 생각했다. 출혈이 어디서 시작됐는지는 분명했다. 출 혈을 잡고 지혈한다. 그동안 마취과 의사는 순환을 안정시 킨다. 안정시킬 순환이 아직 남아 있다면 말이다.

　수술실. 규칙적인 소리가 들린다. 맥박이다. 좋은 징조다. 나는 장갑을 끼고 고성능 램프가 장착된 호스로 환자의 인 두와 식도를 진찰했다. 설근에 작은 줄기 모양 혈관이 점막에서 삐져나와 있었다. 그 위엔 작은 핏방울이 맺혀 있었다. 더 이상 출혈은 없었다, 더 이상은. 그사이에 혈전이 생겨서 지혈 작용을 한 것으로 보였다. 혈압이 아예 없었기에 가능한 일이었다. 나는 혈관을 실로 감아 매듭을 묶었다. 그리고 한 번 더 묶었다. 한 가닥만으로도 생명엔 지장이 없을 테지만 그래도 한 번 더.

그는 중환자실로 옮겨졌다.

그는 뇌사했다. 기계에 의지해 호흡했다. 수술 후 그를 한 번 찾아갔다. 병상 옆 탁자엔 자녀들과 고양이의 사진이 놓여 있었다. 그것이 그의 인생이었다.

며칠 뒤 환자가 처음에 받은 설근 수술의 정맥주사로 인해 정맥염에 걸렸었다는 사실이 밝혀졌다. 그래서 혈전이 생기지 않도록 헤파린을 처방받았다고 했다. 그런데 병동 의사가 그에게 헤파린을 과도하게 투여했다. 그 결과 혈액의 응고력이 현저하게 저하되었다. 혈액이 얼마나 빨리 응고되는지를 초 단위로 나타내는 프로트롬빈 시간이 엄청나게 늘어났다. 정상이었다면 금방 됐을 지혈이 너무 오래 걸린 것이다.

하지만 그것이 이 사건과는 아무 관련 없을 수도 있다. 후출혈은 언제나 있을 수 있다. 그저 운명에 달린 일이다.

수술을 집도한 의사와 병동 의사는 한 번도 그를 다시 보러 가지 않았다. 중환자실을 방문한 적도 없다. 며칠 뒤 나는 그의 가족들로부터 전화를 받았다. 배우자가 내게 고맙다고 했다. 그의 목소리엔 아직 희망이 묻어났다. 혹 그것이 무지에서 비롯된 희망일지라도. 나는 달리 어떻게 했어야 할지 모르겠다고 답했다.

내 도움은 적시에 도달하지 못했다.

내 도움은.

혼자만의 책임

첫 야간 당직을 서게 됐다. 야간 당직자는 혼자다. 동료도, 친구도 없다. 모든 결정, 모든 행동이 혼자만의 책임이다. 나는 너무 나쁜 일은 일어나지 않았으면 좋겠다는 생각을 하며 잠들었다. 그리고 갑작스런 소음에 의해 휴식에서 불려 나왔다.

2시 30분.

덜덜 진동하는 호출기 화면에 전화번호와 함께 숫자 1이 떴다. 절대적 응급상황을 알리는 코드였다. 모두 일어나 하던 일을 놔두고 호출한 곳으로 달려오라는 신호였다. 바지를 입으면서 전화를 걸었다.

소생실?

"네, 빨리 오세요, 소생실, 기관절개술…."

기관절개술은 보통 정해진 절차에 따른 간단한 처치지만 응급상황에서는 무조건 엄청난 스트레스가 동반된다. 다른 모든 것은 조금 지체돼도 괜찮을지 몰라도 호흡곤란만은 즉시 해결돼야 하기 때문이다. 일정 시간 동안 폐에 공기가 유입되지 않았기 때문에 장애를 입고 요양원에서 누워만 지내는 사람이 부지기수다. 살아 있는 세상에서 만끽한 그 어떤 경이로움도 머릿속에 공기가 없으면 진흙 자국처럼 남을 뿐이다.

나는 응급실로 달려갔다. 거의 다 도착했을 때 가운 주머니에 넣어놨던 검사경이 떨어졌다. 내 맥박이 치솟는 게 느껴졌다. 그때까지만 해도 상황은 그리 나쁘지 않을 수 있다고, 분명 만약의 사태를 대비한 알람일 거라고 생각했다. 그리고 나에게 무엇을 해야 할지 말해줄 누군가가 분명 있을 거라고도 생각했다. 그럼에도 불구하고 나는 텅 빈 복도를 다급히 걸어갔다. 그 복도들을 통해 병원의 밤공기는 수십 번 달라지고 걸쭉한 상태가 된다. 숨결이 상쾌하지 않았다. 목덜미에선 열기가 느껴졌다. 계단을 한 번에 몇 개씩 뛰어올라 마침내 응급실에 도착했다. 몇몇이 둥글게 앉아 있었고 내가 지나가자 대기 중이던 얼굴들이 눈빛으로 교대에 대한 기대를 드러냈다.

무거운 철제 미닫이문은 벌써 조금 열려 있었다. 모니터 기계음과 단어들의 날카로운 울림, 석션의 소음이 압력을 이기지 못하고 밖으로 쏟아져 나를 덮쳤다.

소생실.

나는 문을 연다. 낯익은 마취과 의사 두 명이 처치대 앞에 서 있다. 그 옆엔 외과의와 유니폼을 입은 연방 방위군 비행기 조종사, 그리고 소방대 구급의가 있다. 모두가 나를 돌아본다. 방에서 불에 탄 고기 냄새가 났다.

그들이 뭐라고 말했지만 귀에는 아무것도 들어오지 않는다. 마치 방음벽을 사이에 두고 듣는 것 같다. 처치대로 다가가자 환자가 보인다. 머리카락이 한 다발로 눌어붙은 여성이다. 얼굴은 잔뜩 부어올라 형체를 알아볼 수 없다. 상체 피부는 거의 숯덩이가 되었고 다른 부위에는 군데군데 붉은 살점이 보였다. 느슨하게 풀어진 심전도 전극 하나가 가슴 옆 너덜너덜한 피부에 접착면을 붙이고 매달려 있다. 배꼽 아래는 초록색 수건으로 덮여 있고, 그 위엔 물에 젖은 검은 얼룩이 이리저리 찍혀 있다.

머리 쪽에선 마취과 의사가 환자의 목구멍으로 튜브를 집어넣으려 안간힘을 쓴다. 진전이 없다. 화상으로 기관 주변 점막이 부풀어 올라 기도를 확보할 수도, 인공호흡을 시도할 수도 없다. 그래서 기관절개가 필요했던 것이다.

마취과 의사가 크고 검고 절박한 눈으로 나를 쳐다본다. 아이라인을 진하게 칠한 눈가가 붉다. 검고 숱 많은 머리카락이 마치 밧줄처럼 목 주위를 휘감았다. 그가 외친다.

"관을 못 넣겠어요. 아무것도 안 보여요. 빨리 좀."

이제 방에 있는 모두가 나를 쳐다본다. 내 차례다.

미닫이문 위에 달린 커다란 시계가 2시 42분을 가리킨다. 초침은 협박하듯 소리 없이 살금살금 앞으로 나아간다. 나는 처치대 앞으로 다가가 외친다. "메스!" 그러자 내 손에 건네진 것은 크지 않은 상처를 꿰매고 나서 봉합사를 자를 때 쓰는 갈고리 모양의 작고 날카로운 스티치 커터였다.

"외과용 메스 없습니까?"

누군가 내 손에 메스를 쥐어준다. 나는 엄지손가락으로 플라스틱 덮개를 벗겨내려 했지만 손이 미끄러진다. 다른 손을 사용해 칼날을 꺼낸다. 수술용 램프의 무심한 빛에 얇은 칼날이 잠시 반짝인다.

피부를 절개한다.

피가 나지 않는다.

보통과는 전혀 다른, 마르고 굳은 피부를 가른다.

갑상선을 자르자 피가 조금 난다. 보통 갑상선은 피가 잘 통하는 팽팽한 조직으로 구성되어 있는데, 이 환자의 갑상선은 말린 자두 같다. 핀셋으로 건드리자 갈색 즙이 조금 흘러나온다.

혈관에 매듭을 묶는다. 여기서는 더 이상 피가 나지 않는다. 나는 지팡이를 두드리며 산책을 하듯 연골과 척추를 짚어가며 금방 기관을 찾아낸다.

오! 하나님, 감사합니다.

기관 전면의 벽을 절개한다. 특이한 냄새가 코앞에 밀려든다. 둘이 손을 꼭 잡고 휴가를 가려는데 비행기에 오르기 직전 공항에서 등유 냄새를 맡은 기분이다. 사람은 그 순간 행복이 깨지기 쉽다는 것을 깨닫는다.

겸자로 기관벽을 활짝 벌리자 기관의 연골이 희게 빛난다. 마취과 의사가 튜브를 건네고 나는 그것을 기관으로 밀어넣는다.

"닫습니다."

환자가 인공호흡을 한다. 흉곽이 올라갔다 내려간다. 마취과 의사가 가슴에 귀를 대고 숨소리를 듣는다. 공기가 안으로 들어간다.

됐다. 우리가 해냈다. 나는 기관 입구가 막히지 않도록 연골벽 주변의 바짝 타들어간 검은 피부를 바느질로 묶어둔다.

"환자는 몇 살입니까?"

수동 인공호흡기의 통을 누르던 마취과 의사가 한숨을 쉬며 그의 생년을 말해준다. 나와 동갑이다.

방을 나오다가 하마터면 넘어질 뻔했다. 처치대 아래에 작은 웅덩이가 생겼다. 환자의 파괴된 피부로부터 한 방울씩 무언가가 떨어지고 있었다. 부풀어 오른 몸에서 체액이 곧장 바깥으로 흘러나온 것이다.

나는 몇 분간 수술 일지를 쓰는 동료와 이야기를 나누었다. 구급의는 환자가 욕조에 누워 휘발유를 들이부었다고 말했다. 모두가 동작을 멈추고 그를 쳐다봤다. 수술실 간호사의 얼굴이 '왜?'라고 묻고 있었다. 구급의가 다시 입을 열었다. "그는 혼자였습니다. 다른 건 우리도 모릅니다."

그는 중증 화상센터로 전원되었다. 그리고 이송 도중 숨졌다.

성찰은 생산력을 떨어뜨린다

우리 모두 모였다. 많은 사람이 복도에 섰다. 의사 스무 명과 간호사 다섯 명. 오늘이 병동 실습의 클라이맥스다. 주임전문의와의 회진은 매우 중요하다. 새로운 의료 전략이나 정보가 발표되고 토론되기 때문이 아니라 이 행사에서 길이 결정되기 때문이다. 모든 결정이 한 사람, 바로 주임에게서 비롯된다. 토론은 없다. 그 순간에는 성찰도 없다. 어쩌면 많은 순간 성찰하지 않는 편이 더 효과적일 것이다. 성찰은 생산력을 떨어뜨린다.

수석전문의들이 스테이션 입구에 선다. 수련의들은 그 뒤에 선다. 그리고 그 뒤에 간호사들이 선다. 명백한 서열.

그렇게 서서 기다린다.

서서 기다린다.

아침 7시부터 병원이 환하게 밝혀진다. 환자들이 병실에서 나와 우리를 보고는 다시 들어간다. 부지런한 수련의 하나가 복도에 나와 있는 사람들에게 종종걸음으로 다가가 헛기침을 하며 이제 곧 주임전문의 회진이 있을 예정이니 병실로 들어가 기다리라고 말한다.

그건 점호다. 내무반 점검.

문이 열리고 주임의의 개인 비서가 문을 붙들었다. 그리고 그, 주임전문의, 어르신이 들어왔다. 커피색 홍채에 둘러싸인 그의 깊은 동공에서 날카로운 눈빛이 발사되었다. 그의 헤어스타일은 항상 완벽했다. 너무 엄격하게 타지 않은 오른쪽 가르마에는 약간의 공기, 모종의 자유가 허락되어서 그가 복도를 성큼성큼 걸을 때마다 머리카락이 가볍게 날렸다. 그와 보조를 맞추려면 구보하듯 걸어야 했다. 그의 피부에는 안달루시아의 골프장에서 보낸 수많은 시간이 고스란히 드러났다. 여덟 층 위에서도 그 어떤 구멍과 그 어떤 실수와 그 어떤 실패를 모두 찾아내는 매서운 눈 아래에는 옅은 검버섯이 위장막처럼 드리워져 있었다. 철저하게 목표지향적인 인물. 그는 훌륭한 외과의사가 되는

데 가장 필요한 덕목을 갖춘 사람이었다.

하지만 오늘은 기분이 썩 좋지 않은 기색이었다. 그는 기분이 나쁠 때 헛기침을 하는 사소한 버릇이 있었다. 그가 헛기침을 하는 즉시 모두가 낌새를 챘다. 입꼬리도 아래로 처져 있었다. 수석전문의들은 어르신의 기분을 한 치의 오차도 없이 해석할 수 있는 것처럼 굴었다. 그건 수석전문의들만의 경쟁이었다.

그는 수석전문의 중 한 명에게 다가가 전날 축구경기에 대해 말했다. 네, TV로, 그렇죠, 맞습니다, 교수님. 수석전문의는 몸통은 꼿꼿이 세우되 눈은 치켜뜨지 않으며 대답한다. 주임은 중국산 싸구려 공구를 손에 쥐기 전에 한 번 훑어보듯 우리를 쳐다본다. 마음에 없는 인사, 입술이 움직이지 않는 미소. 그걸 신호로 흰 가운을 입은 사람 하나가 그를 대신해 첫 번째 병실의 손잡이를 잡았다.

그리고 그가 들어갔다. 그 뒤로 의사 스무 명이 따라갔다. 모두가 가슴에 팔짱을 꼈다. 이미 병실에 들어와 있던 이른 아침의 황동색 햇살이 우리 위로 내리쬤다. 순서대로 한 명씩 앞으로 나가 환자를 설명했다. 긴장되는 순간이었다. 우리가 내려다보는 환자는 세 명이었다. 그들은 모두 침대에 누워 있었다. 머리를 아래로 두고, 발가락 중 몇 개가 이불 아래로 삐져나왔다. 나는 그것을 유심히 봤다.

　모든 의사가 환자들을 위아래로 훑어봤다. 그들은 담요를 덮은 채 누워 있었고 때론 상의를 탈의한 채였다. 거친 맨발 하나가 우리 면전에 불쑥 나타나자 간호사 하나가 달려와 담요로 환자의 하체를 덮었다.

　누운 사람은 회진을 하러 온 사람의 권위와 의사들의 과도한 머릿수에 압도되어 옴짝달싹할 수가 없다. 규칙에 따라 생명이 달린 중요한 결정은 환자의 참여 없이 침대 발치에서 논의된다. 당사자의 참여 없이, 침대 발치에서.

　간혹 한쪽 다리를 움직일 때도 있었지만 대부분 환자들은 그 자리에 가만히 굳어 있었다. 전문적인 사안에 대해 부적절한 의견을 제시하거나 거슬리는 질문을 했다가는 당장 주임과 끝이다. 그가 아닌 다른 사람에게 수술을 받아야 할 수도 있다는 의미다.

　부족한 대화는 의사들에게 권위와 더불어 환자를 경멸할 수 있는 기회를 줬다. 연민은 몇 분 만에 증발했다. 우리는 다시 몇 겹의 군대식 정렬을 유지하며 방에서 빠져나왔다.

　우리가 하는 많은 일에는 정확한 논리가 없었다. 의심도 허락되지 않았다. 사실 우리는 경험이 모이는 지점에 있었다. 어떤 의심도 온몸으로 방어하는 막강한 강철 보루. 우리는 믿음이 지식이 되도록 했고, 불신은 제재를 받았다. 의심하는 마음은 흉터처럼 품은 즉시 티가 난다. 그리고 다른 사람에게 냄새를 풍겨 나를 주목하게 만들 것이다. 나는 언짢은 기분에 뒤로 물러섰다가 병동 복도를 빠져나왔다. 거기서 사람들의 주목을 끌 만한 냄새를 날려 보냈다.

다음 병실에서 어르신에게 소개된 환자는 부분 염색한 파마머리에 검게 태닝한 피부가 꽤나 반항적으로 보이는 40대 중반 여성이었다. 그는 잠옷 가운 차림으로 침대에 앉아 있었다. 그날 편도를 제거하는 수술을 받기로 되어 있는 환자였다. 의사들이 열을 지어 침대로 다가오자 그의 눈이 휘둥그레졌다. 상기된 얼굴로 동선을 이끌던 수련의가 환자의 병력을 소개했다. 문장 하나에 실수가 있었다. 잠시 침묵.

"재발성 편도염으로 편도염절제술 예정돼 있습니다."

"비중격은?"

"비중격성형술은 환자가 거부했습니다."

"왜지?"

환자가 어깨를 실룩하며 말했다. "저는 코 수술은 받고 싶지 않아서요…."

"성 밖으로."

주임이 단호하게 읊조렸다.

그러고 나서 몸을 돌려 방을 나갔다.

"저 환자 퇴원시켜."

흰 가운을 입은 스무 명의 대학 졸업자가 그의 뒤를 따라갔다. 수석전문의 하나가 어르신 장단을 맞추느라 그 주변을 이리저리 뛰어다녔고 그의 입에서 튀어나온 침방울들이 스테이션 복도를 어지럽혔다.

복도에서도 병실 냄새가 났다. 너무 조용해진 복도에서는 스테이션 탕비실의 커피머신이 부글대는 소리가 들렸다.

푹 자지 못한 몸은 자꾸만 아래로 처졌다. 찐득찐득한 진창을 걷는 것처럼 걸음이 부드럽지 않았다. 마치 내 온몸이 강한 접착제가 된 것 같았다.

심기가 불편한 간호사 멜라니가 나를 맞이했다. 그에게서는 냉기가 뿜어져 나왔다. 나는 의사 탈의실로 갔다. 6제곱미터짜리 창문 없는 작은 골방에는 간이 옷장과 선반 한두 개가 서 있었고 그 옆으로 속옷, 양말, 신발, 바지가 산처럼 쌓여 있었다.

그리고 흐릿한 시야 한가운데 노르웨이 마법사가 서 있

었다. 나보다 약간 작은 키에 금발을 포니테일로 묶은 누군가가 티셔츠와 팬티 차림으로 옷장 칸에 몸을 숨기고 있었다. 그를 발견한 순간 내 머릿속에선 노르웨이의 풍경이 펼쳐졌다. 호숫가 자작나무 숲에서 이제 막 수영을 마치고 옷을 갈아입는 유연한 사람들의 몸이 보였다. 그리고 얼음처럼 차가운 물도 느껴졌다.

"안녕."

"안녕."

나는 마법사의 동작이 느려지는 것을 곁눈질로 보았다. 매력이 넘쳤다. 갑자기 기분이 좋아졌고 잠은 확 달아났으며 활기가 돈고 창의력이 샘솟았다. 얼핏 봐도 운동으로 잘 관리된 몸이었다.

마법사는 토즈의 모카신을 신었다. 나는 그 브랜드의 신발을 즐겨 신는 부류를 알고 있었다. 함부르크의 에펜도르프나 뮌헨의 하를라칭, 뒤셀도르프 인근의 에르크라스 같은 부촌 출신들, 혹은 장학금을 받고 독일로 유학 온 노르웨이 출신. 중산층 가정에서 자라 다른 세상에 대한 호기심이 넘친다는 게 그런 부류의 특징이다.

그가 몸을 숙이고 바지를 올리느라 바스락대는 소리가 들렸다. 나는 그의 앞으로 다가갔다. 그 방은 냄새가 좋지 않았다.

"너도 여기로 왔구나."

친숙함을 표현하려는 내 바보 같은 말투 때문인지 그의 입가에 가벼운 미소가 스쳤다. 그때 어디선가 톡 쏘는 향수 냄새가 스쳤다. 실제로 그랬는지 아니면 내가 예전 기억을 소환한 것인지는 모르겠지만.

"내가 언제 한 번…" 입을 연 순간 갈색 갈기의 작은 말들이 뛰어오는 풍경이 눈앞에 펼쳐졌다. "커피를 사고 싶은데, 별 뜻은 없고…."

더 이상 말을 잇지 못했다.

마법사가 나를 끌어당겨서 나는 마법사의 가슴팍에 찰싹 달라붙었다. 그는 두 손으로 내 머리를 감싸며 키스했고 나는 조심스레 입술을 벌렸다. 그는 탁한 물에서 미친 듯이 날뛰는 물고기를 작살로 제압하듯 혀를 정확하게 놀렸다. 나는 너무 놀라 숨을 쉴 수도 없었다. 허공을 뚫고 달려오던 눈앞의 말들은 모두 사라지고, 대신 내 눈앞에 펼쳐진 다른 풍경에는 벽난로가 따스하게 타오르는 작은 오두막이 있었다.

그리고 다시 현실, 그와 나는 붙어 있던 몸을 떼었고 네온등이 켜졌다. 등은 깜빡임도 없이 단번에 켜졌다. 나는 휴가를 가기 직전이나 휴가를 다녀온 직후처럼 기분이 멍했다. 아니면 결코 끝나지 않을 긴 휴가의 중간인 것도 같았다.

병실로 들어갈 때까지 아직 흥분이 남아 있었다. 하지만 마법사는 나를 쫓아오지 않았다. 내 눈꺼풀 안쪽에선 꽃밭이 아른거렸다. 쓰레기통 옆에서도 향기를 맡았다. 모든 대화가 유쾌한 멜로디 같았다.

단꿈을 깬 건 간호사 멜라니였다. 뻣뻣한 곱슬머리에 양볼이 불그레하고 얇고 건조한 입술을 거의 벌리지 않고 말하는 멜라니가 거기에 서 있었다. 멜라니의 목소리는 모래시계에서 떨어지는 모래처럼 단조롭게 뉴스를 알렸다. 귀수술을 받은 한 노인이 다른 환자를 들이박았다는 소식이었다. 그것도 방금 수술 받은 환자의 귀를. 지금 상태가 엉망이라고 했다. 큰 사건이었다. 꽃밭은 금세 시들고 유쾌한 멜로디도 증발했다. 다시 모든 것이 선명하게 들리기 시작했다.

마티아스 씨는 고막 안쪽에 생긴 염증이 뼈를 갉아내는 진주종 환자였다. 이틀 전에 수술을 받았고 지금은 붉게 물든 머리 아래로 귀에 감았던 붕대를 비스듬히 늘어뜨린 채 앉아 있었다.

마티아스 씨가 소리를 질렀다.

"저 새끼가 나를 엿 먹였어."

그의 눈이 마찬가지로 귀에 붕대를 감고 누워 있는 옆 침대의 쉐퍼 씨를 향했다. 나는 쉐퍼 씨에게 무슨 일이 있었는지를 물었다.

쉐퍼 씨는 입을 열지 못할 정도로 상태가 나빠져 있었다. 얼굴이 창백하게 질렸고 입 주위는 푸르스름했다. 너무 상심한 나머지 푹 숙여진 머리 위로는 몇 안 되는 머리카락이 애처롭게 곤두서 있었다.

쉐퍼 씨는 안구진탕 환자였다. 망막에 선명한 상을 유지하느라 안구가 무의식적으로 움직일 때 평형기관에 자극이 생겨 어지럼증이 유발되는 질환이다. 그는 수술을 받은 쪽 귀를 마티아스 씨에게 얻어맞으면서 망가진 뼈를 대신해 넣어놓은 금속 보형물이 내이 쪽으로 약간 밀려들어갔고, 심한 메스꺼움을 느끼고 있을 것이었다.

"저 새끼가."

등 뒤에서 마티아스 씨의 목소리가 들렸다.

"금방 봐 드리겠습니다, 쉐퍼 씨."

멜라니가 보안과를 호출했다. 삭발에 검은 바지를 입은 남자 둘이 병실 문 앞에 당도했다. 그들은 '여기엔-또-무슨-빌어먹을-상황인지-모르겠으나-우리가-해결한다'는 표정으로 일단 문 앞에서 대기했다.

　나는 마티아스 씨에게 말을 건넸다. 그는 내 물음에는 답하지 않고 침대에 앉아 소리를 계속 질렀다. 이 몸집 작은 사람은 잔뜩 화가 나 있어서, 정확하게 탄 가르마가, 윗입술을 덮은 콧수염이 파르르 떨렸다. 그는 갈색 욕실 가운 가슴쪽 주머니에 포켓치프처럼 꽂아둔 손수건을 꺼내 보이지 않는 눈물을 훔쳤다. 멜라니는 눈을 가늘게 뜨고 무언가 공모하는 듯한 표정을 지으며 그가 그 자신은 물론 다른 환자들도 위험에 몰아넣고 있으니 어떤 조치를 취해야 한다고 말했다. 나도 그 의견에 동의했다. 나는 보안과 직원들에게 일이 어떻게 될지 확신할 수 없으니 최대한 주의해서 나를 도와달라고 청했다.

　정신적 혼란을 유발하는 원인은 매우 다양하다. 알코올에 취하면, 혈당이 너무 높으면, 칼륨 수치가 너무 낮으면 정신이 혼란해진다. 나중에 마티아스 씨에게서 진주종이 유발한 대뇌 측두엽 농양이 확인되었다. 귀에 생긴 염증이 얇은 뼈로 침투해 뇌에 작은 캡슐 모양의 염증을 형성하고 신피질과 기억회로를 교란한 것이다. 정신적 혼란의 원인치고는 매우 희귀한 사례였다.

　나는 마티아스 씨를 조심스레 침대 쪽으로 밀었고 그는

별다른 저항을 하지 않았다. 그의 눈빛이 나에게서 멀어져 천장으로 슬금슬금 올라갔다가 되돌아왔다. 내가 그의 어깨를 붙들자 그는 정맥이 푸른 실개천처럼 수놓인 가녀린 팔을 허공에다 휘둘렀다.

"제발, 마티아스 씨."

보안과 직원들이 장갑을 끼고 침대로 다가와 숨을 크게 들이마셨다.

"이 나치들, 감히 나한테 손대기만 해 보라지!"

그사이 병실 문 앞에는 스무 명 가량의 사람들이 모였다. 잠옷이나 목욕가운을 입은 어른과 아이들로 모두 머리나 귀, 콧등 등에 피 묻은 붕대를 감고 있었다. 그들은 바로 내 앞에서 펼쳐지는 소란을 조용히 응시했다. 보안과 직원 중 하나가 니코틴에 절은 목소리로 으르렁거렸다.

"마티아스 씨, 우리 이러지 맙…"

그는 말을 끝내지 못했다. 마티아스 씨가 그 가녀린 팔로 보안과 직원에게 귀싸대기를 날렸기 때문이다. 나는 그의 아랫입술이 터져서 피가 흐르는 것을 본 것만 같은 기분이 들었다. 열린 병실 문틈으로 사람들이 웅얼대는 소리가 들렸다.

그걸 신호로 다른 보안과 직원이 잽싸게 몸을 놀려 마티아스 씨의 팔을 뒤로 꺾은 다음 무릎으로 두 손목을 짓눌렀다. 그사이 코피가 터진 그의 동료가 매트리스로 올라가 다리를 붙들었다. 사지가 묶인 마티아스 씨는 이제 간신히 머리만 앞뒤로 움직일 수 있었다.

"선생님, 주사를 좀 놓을까요?"

간호사 멜라니가 결연하게 물었다. 나는 다른 선택의 여지가 없음을 직감했다.

검은 옷을 입은 두 남자가 의문스럽게 나를 쳐다봤다. 옴짝달싹 못하는 마티아스 씨도 나를 바라봤다. 구경꾼들은 숨을 죽였다.

"로라제팜."

"네, 그게 좋겠네요, 로라제팜."

멜라니는 스스로에게 검사를 받듯 한 번 더 약 이름을 되뇌었다.

"로라제팜."

그는 잠자코 지켜보는 환자들을 뚫고 주사기와 주사액 앰플이 놓인 흰 트레이를 가져왔다. 콧수염 위로 하얀 콧물이 묻은 마티아스 씨가 앞일이 궁금한지 고개를 꺾어 나를 올려다보았다. 그리고 순간의 평온은 마티아스 씨가 소리를 질러댔기 때문에 깨졌다.

"감히 나한테 손대기만 해봐, 오, 주님, 나한테 손대기만 해봐!"

보안과 직원들은 코웃음으로 냉기를 내뿜으며 내가 일을 할 수 있도록 몸을 꺾어 그의 팔뚝을 내 쪽으로 내밀었다. 얇고 질긴 피부 아래로 부풀어 오른 핏줄이 드러났다.

"마티아스 씨, 제가 이제 주사를 좀 놓으려고…."

"감히 나한테 손대기만 해봐. 이 나치!"

보안과 직원들이 고개를 끄덕였다. 그들의 시선이 팔뚝에 고정됐다. 나는 정맥을 찔렀다. 마티아스 씨의 혈압이 너무 높아서 주삿바늘 옆으로 피 한 방울이 반항하듯 튀어올랐다. 나는 아주 천천히 1밀리리터를 주입했다. 이런 경우 권장량에 대해선 알려진 바가 없다. 사람마다 제각각이다. 어떨 땐 그보다 적어도 충분하지만 때론 그보다 많아야 할 때도 있다고 나는 생각했다.

첫 번째 주사는 아무 효과가 없었다.

"이 나치들아!" 울부짖음은 여전했다. "이 나쁜 새끼들!"

"흐음, 부족한가 봐요, 선생님" 멜라니가 한 치의 의심도 없이 말했다. 검은 옷의 보안과 직원들은 고개를 끄덕이고 큰 숨을 내쉬었다. 병실 문 쪽에서도 동의하는 듯한 웅얼거림이 들렸다.

나는 1밀리리터를 더 주사했다. 마티아스 씨는 이제 경찰을 찾기 시작했다. 나는 그를 보며 말했다. "마티아스 씨, 이제는 좀….”

"이 게슈타포들!"

보안과 직원이 웅얼거리는 소리가 내 귓전을 스쳤다. "이제 좀…” 그의 목소리에서 짜증이 묻어났다. 나는 남은 로라제팜을 모두 고집쟁이의 정맥에 주입했다. 그러자 그가 꿈틀거렸다. 그리고 곧 잠잠해졌다.

몸을 돌리자 그는 한 번 천천히 숨을 내쉬었다. 눈동자가 올라가서 밖으로는 흰자만 보였다. 혀는 아래로 축 처졌고 그사이로 숨을 들이마시려다 보니 힘없는 아랫입술이 호스처럼 말려들어갔다. 벤조디아제핀계 약물을 과도하게 주입한 탓에 마티아스 씨에게 호흡곤란이 찾아왔다. 나는 흥분하는 대신 무엇을 해야 할지 곰곰이 생각했다. 나는 공허함에 지지 않으려 안간힘을 쓰며 그 끝에 있을, 닿을 수 없는 평온과 여유를 기다렸다.

우리가 내려다보는 가운데 드디어 그에게서 코 고는 소리가 났다. 보안과 직원들이 그에게서 한 발 물러났다. 뒤에선 쉐퍼 씨가 속을 게우는 소리가 크게 들렸다. 멜라니는 쉐퍼 씨에게 달려갔다.

나는 마티아스 씨의 목을 길게 뽑고 그의 턱이 앞으로 나오도록 당겨서 코 고는 소리가 너무 크게 나지 않게 했다. 멜라니가 특유의 단조로운 목소리로 나를 멈춰 세웠다.

"이제는요? 마취과를 부를까요, 아니면?"

그들은 마티아스 씨의 잠옷 셔츠를 벗기고 몸에 열 개가 넘는 케이블을 연결한 다음 그의 병상을 관찰실로 옮겼다. 눈을 반쯤 감고 코에 산소줄을 단 노인은 침대에 누운 채 모여 선 환자들 사이를 뚫고 지나갔다. 주름진 그의 얼굴에 네온등이 내리쬔 짧은 순간 나는 옅은 미소를 본 것만 같은 기분이 들었다.

삶의 어떤 맥락은
숫자로 간단하게 정리된다.

저 안에 아직 암이 있다

"7A실 같이 가자, 슈미트 씨 수술이야. 얼른 해버리자…."

온기라곤 없는 목소리의 주인공은 권력을 잡은 자, 교수였다. 주임은 아니고 그 아래인 수석전문의이자 일종의 권력 중독자.

어떤 사람에게 권력은 마약이다. 작용 기제는 코카인과 비슷하다. 명령, 그리고 빠른 성공. 그러면 뇌는 그 보상으로 흥분을 일으키는 도파민 성분을 분비한다. 거기서 어떤 기분이 발생한다. 마음 깊은 곳으로부터 어떤 바람이 일어나고 어떤 욕구와 어떤 염원이 치솟는다. 보상 반응을 의도적으로 제어하는 것은 불가능하다. 어쩌면 인체의 기본

적인 감정을 관장하는 대뇌 변연계야말로 우리 인간의 가장 막강한 적일지도 모른다. 그런 점에서 어쩌면 우리는 동물과 다를 바 없을지도 모른다. 그 과정에서 연민은 차단될 수도, 잊을 수도, 잃을 수도 있다.

교수는 내게 매우 친근하게 웃었고, 우리는 함께 수술실로 갔다. 서로의 손이 스칠 정도로 붙어 걸으면서 농담을 주고받았다. 우리는 빠르고, 건장하고, 강하다. 그리고 어떤 자극에 고무돼 있다. 우리의 대화 속 상대편 사람들은 일방적으로 평가절하된다. 지극히 주관적인 차원에서 동료들을 헐뜯는 것이다. 우리는 우리의 관점을 확인해줄 대화 상대를 찾는다. 그리고 인식이 같은 사람들끼리 친구를 맺는다. 자연스러운 일이다.

그 게임에선 나도 열외가 아니다. 성공은 나에게도 값진 일이므로. 그리고 그렇게 한 지 1년쯤 지나서부터는 속으로 거북함을 느끼는 것마저 게임의 규칙에 위반된다는 것을 깨달았다. 어디에도 적시된 바 없지만 내부적으로 엄격히 준수되는 규칙. 극단적인 상황 속에서도 최선을 다해 협조하는 것이 그 규칙을 지키는 자의 성격이다. 만일 내가 그것을 지키지 않는다면 병원에 계속 남을 수 없을 것이고 무언가 배울 수도 없을 것이고 의사가 될 수도 없을 것이다. 그 교수의 과에서는 '계란을 깨지 않고선 오믈렛을 만들 수 없다'는 말이 자주 회자되었다.

마취된 환자의 심장박동에 맞춰 그의 몸과 연결된 기계가 반짝이고 맥박 소리가 울린다. 수술의 냄새, 즉 소독약 냄새가 났다. 사람들은 모두 마스크로 얼굴을 가렸다. 보이는 건 오직 눈. 눈만 보이는 사람은 얼굴 전체를 드러낼 때보다 아름답고 미적인 동시에 교활하다. 눈에서만 표정을 읽을 수 있으므로 마스크를 쓴 채 나누는 대화는 평소와 다르다.

우리는 환자에게 다가갔다. 용모가 단정한 중년 남성의 목은 소독약으로 붉게 얼룩져 있었다. 코에는 인공 호흡관이 꽂혀 있었고 등에는 심전도 전극이 달려 있었다. 흉곽이 규칙적으로 오르내렸다.

교수가 펜으로 환자의 목 옆에 절개선을 표시했다. 그러고 나서 나를 흘깃 쳐다보았는데, 나는 그 눈빛을 해독할 수가 없었다. 환자가 이상해 보인다는 뜻인지, 환자의 몸에 그림을 그리는 행위가 재미있다는 것인지, 알 수 없었다.

그는 평소보다 큰 목소리로, 마지막 음절이 더 크게 들리도록 크레셴도를 넣어 말했다.

"메-에-스."

나는 두 손으로 거칠고 질긴 환자의 목덜미 피부를 잡아당겼다. 교수는 수술용 메스를 쥐고 수술등이 환하게 밝혀 놓은 피부를 재빨리 절개했다. 교과서에서 본 그대로 상처가 즉시 갈라지고 잠시 지방이 빛 아래 드러나더니 곧장 상처 가장자리에서 피가 흐르기 시작했다. 기름기 때문에 피는 걸쭉한 토마토 수프처럼 보였다.

내가 피를 닦는 동안 교수는 전기 핀셋으로 아주 미세한 혈관을 하나씩 지졌다. 우리는 피가 난 상처를 완전히 말린 다음 지방을 절개했다. 피부에는 자잘한 출혈원이 많기 때문에 이번엔 직경이 좀 더 큰 혈관들을 하나씩 절단했다. 그리고 혈관 밑동을 클램프로 집은 다음 그 위를 실로 묶어 매듭을 묶으면 지혈이 끝난다.

그가 카랑카랑한 목소리로 명령했다.

"클램프."

그는 혈관을 집게로 집은 다음 피부를 자르고 실로 올가미를 만들어 잡아당기고 끊었다. 수술하는 조직에 대한 그 어떤 애정도, 감정도 드러나지 않았다. 완전히 기한에 맞춰 물건을 만들어내는 장인의 솜씨였다.

그는 목 근육 피하지방에서 분리된 미세한 박막층을 절개했다. 그러자 혈관과 신경, 근육이 뒤엉킨 타래가 드러났다. 그 모두가 아름답고 복잡하면서도 적절해 보이는데, 단한 지점에서 푸른색 멍울이 보였다. 멍울은 미세한 막으로 둘러싸여 있었고 그 막으로 혈관을 목 깊은 곳으로 끊임없이 끌어당기고 있었다. 우리는 일단 수술 전 처치를 한 다음, 멍울 주변의 피를 닦아내고 여러 번의 칼질로 그것을 잘라냈다. 거미줄처럼 미세한 막을 제거하는 것은 몹시 힘든 작업이었다.

우리는 질긴 조직을 그 주변과 분리했다. 처음엔 앞면을, 그다음에는 옆면과 뒷면 순으로 분리했다. 그런데 조직이 목 뒷벽에 찰싹 붙어 있었다. 하필이면 뒷벽에.

그곳은 들여다볼 수가 없는 곳. 이른바 미지의 영역이다. 게다가 그 주변으론 대동맥이 흐른다.

우리는 촉진을 통해 조직이 거기에 눌어붙었음을 확인했다. 조직은 뇌로 혈류를 보내는 대동맥 위에 자리잡고 이미 혈관을 누르고 있었다. 종양은 늘 이런 식이다. 종양들은 손을 보랏빛 혈관벽으로 집어넣고, 영양공급원과 가장 가까운 곳을 차지하고, 영양과 당분과 산소를 영구적으로 공급받는다.

그때 우리가 할 수 있는 선택은 하나가 아니었다. 환자를 위해 가장 확실한 방법은 혈관벽을 제거하고, 혈관외과와 협진해 제거한 부분을 다시 채워 넣는 것이었다. 현미경 아래에서 몇 시간 동안 이 못생기고 욕심 많은 종양의 손을 제거하는 사전 작업을 진행한 다음, 관을 넣어 혈류를 우회할 통로를 만들거나 종양을 제거한 혈관벽을 다시 그 자리에 붙여 넣는 방법이었다. 하지만 그러기 위해서는 바로 시간이 필요했다. 그리고 시간은 우리에게 부족한 것 중 하나였다.

교수는 종양을 그 자리에서 바로 떼어냈고 혈관과 미처 분리되지 못한 암 덩어리가 얇은 층으로 그대로 남아 있게 되었다. 그리고 수술 부위에서 종양이 없는 부분을 떼어내 표본으로 채취했다. 교수는 자기 수술이 깔끔하게 되었다는 것을 기록하기 위해 그 표본을 '절단면'으로 표시해 병리학실로 보냈다. 하지만 그 표본은 문제와 멀리 떨어진 곳에서 채취된 것이었다. 결과는 당연히 '암세포 없음'으로 나왔다.

그가 나를 쳐다봤다. 그의 눈은 피곤하고 긴장돼 보였으며 눈가 주름에 살짝 붉은 기가 돌았다. 그는 물어보는 듯한 눈빛을 보냈지만 나는 그의 결정에 반박할 수 없다는 걸 직감하고 이를 앙다물었다. 잠시 냉기가 흘렀다.

"이 사람 어차피 방사선치료 받아야 해, 너라도 어쩔 수 없었을 거야…" 그가 한 발 물러나며 말했다. "마무리 좀 해줘" 그리고 한 번 더 내 눈을 바라봤다.

그 눈빛이 우리를 묶었다. 그 순간 우리는 비밀을 맹세한 동료가, 공범이 되었다.

나는 황폐한 현장을 바라보았다. 미세한 출혈이 여전히 진행 중인 누군가의 몸을 보았다. 작은 혈관 몇 개를 지혈한 다음 목 안을, 생명체의 진수를 들여다보았다. 마치 천문학자가 별을 보듯이, 마법사의 제자가 마법을 관찰하듯이. 그리고 결합조직을 꿰매고 상처에서 분비물이 빠져나올 수 있도록 배농관을 삽입했다. 그다음 피하를, 피부를 멋지게 꿰맸다. 수술은 보기 좋게 마무리되었다.

하지만 저 안에 아직 암이 있다.

환자의 목에 밴드를 붙였다. 깔끔하게.

그래도 저 안에 아직 암이 있다.

컴퓨터로 수술 과정을 기록했다. 옷을 갈아입었다.

저 안에 아직 암이 있다.

탈의실에서 거울에 비친 내 모습을 봤다. 흰 가운 위에 이름표, 볼펜, 수술 보고서, 환자 기록지 등이 주렁주렁 매달려 있었다. 그리고 신발에도 무언가가 달려 있었다. 신발에 종양의 잔재가 묻어 있었다. 거울 속 이마에는 수술 모자에 눌린 자국이 나 있었다. 그리고 윗입술에도 종양이 묻어 있었다. 나는 손을 씻고 그 잔재를 떼어냈다. 배수구가 막혀서 물이 잘 내려가지 않았다. 옷을 다 갈아입고 한 번 더 거울을 봤다. 엉킨 머리 사이에 붙어 있던 종양의 잔재를 손빗질로 쓸어내고 탈의실을 나와 병동으로 돌아갔다.

일주일 후 다시 당직이 돌아왔다. 새벽 2시쯤 병동에서 응급호출이 왔다. 수술실 네온등, 소독약 냄새 그리고 아드레날린. 매끈한 리놀륨 바닥을 빠르게 걸어가자 신발이 비명을 질렀다. 복도는 아수라장이었고 병실 문은 활짝 열려 있었다. 호출기가 한 번 더 울리는 동시에 간호사가 나를 앞질러 달려가며 나를 향해 소리쳤다.

"이쪽이에요, 슈미트 씨에게 출혈이 있습니다."

나는 방으로 돌진했다. 바닥은 이미 피범벅이었다. 침대에는, 한때 백인이었을 슈미트 씨가 핏빛이 되어 누워 있었다. 피는 목에서 한 방울씩 똑똑 떨어지는 게 아니라 콸콸 흘러나왔다. 목 전체가 퉁퉁 부었고 농을 받는 통도 꽉 찬 상태였다.

사람이 거기 누워 있었다. 이마엔 구슬 같은 땀이 맺힌 채, 활짝 열린 동공으로 네온등을 반사하며.

나는 코드블루를 외쳤다. 병동 간호사는 응급 호출 버튼을 눌렀고, 나는 환자의 목을 눌렀다. 장갑을 끼지 않은 손 아래로, 손가락 사이로 따뜻한 피가 새어나왔다. 나는 소리를 질렀다.

"슈미트 씨, 이제 수술실로 갈 겁니다."

그리고 동시에 그가 내 말을 알아듣지 못한다는 것을 알아챘다. 급하게 장갑을 끼느라 장갑의 검지가 찢어졌다. 삐져나온 손가락 끝에는 붉은 진주가 맺혀 있었다.

어쩌면 그는 자기 심장박동소리를 듣고 있었을지도 모른다. 둔탁하지만 집요한 박동이 한 번 일어날 때마다 붕대로 막아놓은 경동맥에서 피가 밖으로 뿜어져 나왔다. 원래는 뇌와 신장, 그리고 심장 그 자체로 흘러갔어야 할 대체 불가능한 피가 밖으로 흘러나왔다. 나는 환자가 끙끙 신음소리를 낼 정도로 세게 그의 목을 누르면서 출혈량을 가늠하고 큰 소리로 수혈을 요청했다. 간호사가 혈액 주머니를 가져와 가장 빠른 속도로 주입했다. 마취과 의사들이 들어왔다. 전문가의 눈으로 상황을 훑는 그들도 놀란 눈치였다.

"경동맥에 침식성 출혈이 발생했습니다, 즉시 수술해야 합니다."

그들은 환자 손에 정맥주사를 하나 더 꽂은 다음 수술실에 연락을 취했다.

우리는 침대를 방 밖으로 밀고 나왔다. 천장 전등불을 정면으로 보게 된 슈미트 씨의 눈이 찡긋했다. 마치 휴양지로 가는 기차 안에서 창밖을 내다보는 것처럼.

　나는 준비실로 들어갔다. 마취과 의사가 재빨리 전신마취 도구를 조작하여 관을 꽂고 준비를 마쳤다. 더 이상 압박하면 안 되므로 환자의 목에서 잠시 손을 뗐는데 상처에서는 이제 피가 나지 않았다. 내가 누르고 있던 피부는 우리의 배경색인 수술실 벽만큼이나 새하얬다. 마취과 의사가 환자의 입에 혀 누르개를 집어넣고 다른 손으로는 이미 들어가 있던 튜브를 잡았다.

　"아무것도 안 보여, 석션…" 그가 소리를 지르며 혀 누르개를 다시 뺐다. 석션이 분비물과 핏덩어리를 빨아들였다. 마취과 의사가 다시 한 번 관을 넣으려던 참에 우리 모두의 귀에 신호음이 길게 울렸다. 심정지.

　나는 박자에 맞춰 환자의 흉부를 압박했다. 가끔 트림 소리가 들렸고 때론 붉은 핏방울이 느릿느릿 흘렀다. 그의 눈은 동공이 활짝 열린 채 천장을 응시했고, 눈꺼풀 가장자리에는 눈물이 흥건했다. 나는 마취과 의사의 구령에 맞춰 계속 흉부를 눌렀다. 마취과 의사들이 관을 넣고 인공호흡을 시도했다. 그때 수술준비실로 들어온 누군가가 마취과 의사에게 작은 쪽지를 내밀었다. 헤모글로빈 수치 2.3. 출혈 시점에 이미 환자의 뇌에는 피가 전달되지 않고 있었다는 의미였다.

흉부압박은 15분간 계속됐다. 심장은 다시 뛰지 않았다.

마취과 의사가 수석전문의에게 전화를 걸었다.

그러자 그가 말했다. "중지."

나는 그렇게 했다.

그리고 슈미트 씨를 한 번 더 보았다. 그는 아직 젊었다. 윤기 나는 검은 앞머리가 이마 위로 흘러내렸다. 이제 막 운동을 마치고 돌아와 잠시 누워 휴식을 취하는 것처럼 보였다. 나는 이 상황에서 연민을 느껴도 되는 건지 판단이 서지 않았고, 그 상황에서 무얼 더 할 수 있는지도 알지 못했다.

"더 해 보면 안 됩니까?" 내 뒤통수에서 누군가 소리쳤다. "무엇을요?"

나는 그때 느낀 감정의 정체를 알지 못했다.

마취과 의사들과 경과 보고서를 작성해야 했기에 나는 다시 현실 세계로 돌아왔다. 슈미트 씨는 수술 후 대동맥에 동맥류가 발생한 것으로 밝혀졌다. 동맥의 질긴 외피가 찢어지면서 안쪽에 있던 얇고 검은 관이 돌출되었고 거기서 얇고 하늘하늘한, 그래서 자칫하면 파열되는 작은 주머니가 만들어진 것이었다. 상처 부위뿐 아니라 위장에서도, 그가 기침할 기력도 없었을 때는 기도에서도 피가 흘러나왔던 것으로 밝혀졌다.

사건 후 교수는 주임전문의 앞에서 자기가 한 수술은 성공적이었고, "그땐 아무 이상이 없었다"고 힘주어 말했다.

책임은 고사하고 우리 중 그 누구도 유족과의 대화에 개입하지 않았다. 아마 스테이션에서 알아서 수련의 중 하나에게 설명을 맡겼을 것이다. 우리는 그 어떠한 말도 하지 않았다. 그런데 유족들이 좀 더 알기를 원했고 변호사를 통해 수술 보고서와 의료 기록을 요구했다. 그래서 우리 중하나가 그 사건에 개입하게 되었다.

책임은 그런 일에 특화된 한 수석전문의가 맡았다. 그는 거의 원처럼 보이는 남성으로 그의 너덜너덜한 수염에는 점심으로 나온 수프가 묻어 있곤 했다. 그는 병원 일에 아무 관심이 없었고 무엇보다 그는 의사로서의 책무를 하나도 맡지 않았다. 그는 그냥 관료였다. 어차피 누군가는 그 자리를 채워야 했으므로, 그 누구도 그가 그 자리에 앉을 만한 인물인지를 의심하지 않았다. 그는 병동에 있지만 환자는 보지 않았고, 수술실에 있지만 수술은 하려 하지 않았다. 그는 회진은 하지만 다른 의사들과 논의하지 않았다. 그는 여기 있었지만 여기 있고자 하지 않았다.

하지만 인생이 그를 이곳에 올려 두었다. 그는 자리를 주기적으로 바꾸는 시스템에 휩쓸려 무기력하게 위로, 위로 올라갔다. 불참을 정당화할 만한 그 어떤 사유나 모임도 없어서 참석한 오전 회의에서 그는 눈을 내리깔고 바닥만 쳐다봤다. 당직 의사가 야간에 일어난 상황을 설명하는데도 가타부타 말이 없었다. 그는 그냥 거기에 있을 뿐이었다. 그의 존재는 후배들이 보고를 하고 보고서를 제출하고 그와 거리를 유지하게 하는, 그 어떤 지점 같은 역할을 했다. 그는 사건들의 주위를 맴돌았다. 그에게 병동 근무는, 그날 경작해야 할 땅처럼 해야만 하는 일에 불과했다. 아니, 어찌되든 아무 상관도 없는 일이었다. 그는 자기 책임 영역이 아니면, 자기 이름이 언급되지 않으면 수술이야 어찌되든 아무 상관이 없어 보였다. 자기만 평안하고 정시에 퇴근만 할 수 있으면 그에게는 만사가 오케이였다.

우리는 모든 것을 지켜보았다. 그때 우리가 할 수 있는 일이 있을까? 내가 할 수 있는 일이 있었을까? 그는 슈미트 씨 유족이 선임한 변호사에게서 서신을 넘겨받았고, 실수를 어찌할 수 없었던 운명으로 포장한 기록을 넘겼다.

늦은 오후, 한 팔에 서류뭉치를 끼고 병원 문을 향해 종종 걸음을 치는 사복을 입은 그를 보았다. 몇 년째 똑같은 서류뭉치였다. 뒷모습에서도 등 뒤에 남겨진 세계를 향해 슬며시 웃어 보이는 그의 수염이 보이는 듯했다.

다음 날 그는 주름 하나 없는 얼굴로 슈미트 씨 재판이 어떻게 되었는지 설명했다. 그는 물을 권하고 싶을 정도로 메마른 목소리로, 터무니없는 주장 때문에 완전무결한 수술이 운명의 장난에 얼마나 휘둘릴 수 있는지를 설명했다.

나는 그가 어떻게 이 사건에 이토록 냉담할 수 있는지 이해할 수 없었다. 심장이 돌로 만들어졌다 해도 그럴 수는 없었다. 어쩌면 그것이 그의 전문적인 기능이었을지도 모른다. 나는 슈미트 씨를 수술했던 집도의와 함께 그가 재판에 대해 말하는 것을 가만히 들었다. 그 자리에서 작은 소리라도 낸 건 승강기뿐이었다.

지금 당장

삐삐가 울렸다. 23시 45분.

다급하고 높은 톤이었다. 호출.

몇 초 후 나는 잠에서 완전히 깨어났다. 고민할 시간이 없었다. 침대에서 일어나면서 삐삐가 가리키는 번호로 전화를 걸었다. 응급실. 술에 취한 남성이 코에 부상을 입고 실려 왔다고 했다. 의사에게 그런 환자는 일상이다. 나는 따뜻한 이불에서 빠져나와 세수를 했다. 그리고 내가 지나온 복도가 몇 개인지 세어가며, 반짝이는 타일과 매끈한 타일을 번갈아 짚어가며, 목적지로 걸어갔다. 응급실에는 남자의 탈을 쓴 곰 한 마리가 얼굴 한쪽을 피 묻은 붕대로 감은 채 들것에 누워 있었다. 그를 둘러싸고 머리카락이 검은 남자 셋이 서 있었다. 터키인들이었다. 들것에 누운 곰은 거칠게 숨을 쉬었다. 그러다가 한 번은 길고 풍성한 속눈썹에 엉겨 붙은 눈꺼풀을 떼어서 검은 눈으로 나를 이리저리 살핀 다음, 엄살스러운 한숨을 내쉬며 다시 눈을 감았다.

나는 짧게 내 소개를 하고선 간호사와 함께 환자를 진찰했다. 그에겐 코가 없었다. 코가 있어야 할 자리엔 피가 흐르는 너덜너덜한 삼각형 구멍이 있었다. 그 구멍으로 코 선반에 돌출된 점막이 보였다. 나는 피 찌꺼기를 흡입한 다음, 좀 더 자세히 들여다보았다. 격막의 일부는 남아 있으나 코 전면의 연골이 완전히 사라졌다. 나는 깨끗한 습포로 그 구멍을 덮었다.

들것을 에워싼 남자들에게 무슨 일이 있었는지를 묻자, 순간 방안에 정적이 감돌았다. 그중 한 명의 구두 밑창에서 떨어진 돌멩이가 리놀륨 바닥에 부딪쳐 딸깍 소리를 냈다. 그 셋은 그의 아들들이었다. 키는 제각각이었지만 근육질 팔과 체형이 서로 닮았다.

단번에 부자지간임을 알아볼 수 있을 정도로 아버지와 꼭 닮은 쪽이 맏이인 거 같았다. 그가 악센트 강한 발음으로 그들이 파파를 여기로 데려왔다고 말했다. 그가 말하길,

그들은 함께 외출을 했고 오늘은 라마단 기간이었다고 했다. 온종일 금식을 한 그들은 해가 진 뒤 파티를 열었다. 배를 채우고 터키 전통주인 라키를 마셨다. 아하.

그리고 집으로 돌아오던 길, 인사불성이 된 파파가 어떤 집 채광구 위로 넘어졌다.

"그거 아시죠, 지하 창고 천장 창문을 금속 철조망으로 덮어 놓은 거. 파파가 그 위로 완전히 자빠진 거예요. 죽은 사람처럼 움직이질 않았어요. 그래서 우리가 발을 잡고 끌어냈어요. 그게 다죠."

그가 거칠게 숨을 쉬는 파파를 가리키자 얼굴을 덮은 습포 한 귀퉁이가 잠시 들썩이다가 내려앉았다. 술에 취해 날아다니는 양탄자처럼.

아들들은 금속 격자 사이에 파파의 코가 꽉 끼여 있던 것은 미처 알아채지 못했다. 보호 반사가 해제된 파파가 모든 체중을 그대로 실어 철조망 위로 넘어진 것이었다. 아들들은 아버지의 다리를 잡아당겨 철조망 위에서 끌어낸 다음, 어깨를 잡고 일으켜 세웠다. 그러는 동안 사달이 벌어졌다. 아들들이 헬스장에서 열심히 운동을 한 대가였다. 그들도 어쩌다가 그렇게까지 되었는지는 확실히 모르겠다고 했다. 어깨를 으쓱해 보이는 그들의 눈이 멍했다. 아들들이 파파의 코를 날려버린 것이다.

내가 물었다. "코끝은 어디에 있습니까?"

그들 중 하나가 터키말로 뭐라고 하더니 마치 자동차 열쇠를 찾듯 윗도리 주머니를 이리저리 뒤졌다. 그리고 무언가가 손에 잡힌 순간, 얼굴이 밝아졌다. 그는 아버지 코의 앞부분을 꺼냈다. 파파의 신체 일부는 손수건에 싸여 있었다. 나는 크고 검은 모공과 격막의 아치, 그리고 이리저리 긁힌 피부를 보았다.

"여기에 잘 두었어요."

그는 순진무구한 표정으로 내게 그걸 내밀었다. 블랙코미디의 한 장면 같았다. 한 편의 무성영화.

나는 그 조직을 받아 살균된 습포 위에 올렸다. 코를 간직하고 있던 아들이 나를 빤히 보았다. 나는 그들에게 코를 다시 붙이는 걸 시도해보겠지만 잘 안될 수도 있다고 설명했다.

"대박!" 아들 중 하나가 말했다.

우리 뒤에 누워 있던 파파곰이 씩씩대며 알아들을 수 없는 말을 했다. 말이 없던 두 아들이 맏이 쪽으로 얼굴을 돌렸고 맏이는 내 말을 옮겼다. 그리고 셋이 히죽 웃었다. 나도 웃었다.

남자를 들것에서 병실 침대로 옮겨야 했다. 모두 힘을 합쳐 마침내 그를 매트리스 위로 눕히자, 갈색과 빨간색 얼룩이 수놓인 습포가 팔랑대며 바닥으로 떨어졌다. 그는 첫째를 뚫어져라 쳐다보면서 한숨을 쉬듯 얼굴에 난 구멍으로 바람을 내뿜었고 그러느라 튀어나온 적갈색 덩어리는 방금 갈아둔 침대 시트를 붉게 물들였다. 우리는 코에 난 구멍에 습포를 새로 붙인 파파곰의 침대를 다 함께 밀어 수술실 앞을 서성이는 지친 사람들 곁을 지나갔다.

수술실 간호사가 코끝을 세척했고 나는 살아 있는 조직이 다시 얼굴 피부와 붙어서 자랄 수 있도록 검게 말라붙은 주변부를 메스로 떼어냈다. 피가 없는 조직은 영혼이 빠져나간 것 같았다. 마치 어떤 물체처럼, 피부는 가죽처럼, 연골은 합판처럼 느껴졌다. 아직 술이 덜 깬 파파곰을 전신마취 할 수는 없었다. 그는 정맥주사 놓으려는 걸 눈치채고 황급히 잡힌 팔을 뺐다. 나는 처음에는 큰 소리로, 나중에는 좀 조용하게 그와 대화를 시도했지만 어느 순간 모두 여의치 않아 그냥 하려던 대로 했다.

구멍 가장자리를 돌아가며 리도카인 주사를 여러 차례 놓았다. 파파곰이 끙끙 앓는 소리를 냈다. 선홍빛 피가 흐르는 조직이 전면에 드러날 때까지 구멍 주위 손상 부위를 잘라냈다. 피하와 외피를 겹겹이 꿰맸다. 그리고 구멍에 남아 있던 연골을 코끝과 연결하려 시도했다. 깨진 연골이 축축 늘어져서 쉽지는 않았다. 하지만 마침내 노력의 결실을 얻었다. 나는 수술 부위에 항생제 연고를 바르고 붕대를 둘둘 감아 코를 고정했다.

대기 중이던 아들들에게 가서 모든 것이 잘 되었다고 말했다.

"대박!" 그들이 말했다. 행동을 보아하니 이제 좀 술이 깬 듯했다.

며칠 후 파파가 외래진료를 보러 왔다. 아들들은 함께 오지 않았다. 그의 코는 희귀동물인 테이퍼를 연상시켰다. 예상 외로 거칠고 무뚝뚝한 그의 인상에 귀여움이 더해졌다. 그는 내가 기꺼이 해주겠노라 했음에도 재건 수술을 거절했다. 우리 둘 다 기분이 좋지는 않았다.

달아난 코를 수술로 붙인 뒤 나의 소굴, 당직실로 돌아왔다. 많은 사람이 마지못해 그 안에서 시간을 보내고 있음이 역력히 드러나는 방이었다. 그곳의 모든 것이 일박용이었다. 텅 빈 냉장고는 미지근했고 상자 속 생수는 모두 반쯤 마시고 남은 것들이었다. 서랍에는 삐삐용 건전지뿐이었다. 나는 애써 눈을 붙였다. 6월의 따뜻한 바람은 건물 외벽과 그 위에 얹힌 금속 외장재 사이를 거뜬히 뚫었다. 병원은 사람들이 병이라는 보이지 않는 적과 싸우는 성이다. 사람들이 만든 보루다. 그들은 매초 자신의 존재를 지키기 위해 싸운다.

삐삐가 울렸다. 3시 23분.

응급실이다. 또다시. 이제 밤은 끝이 났고 다음 날이 밝았다. 나는 전화를 걸어 귀에 통증을 호소하는 한 남성이 대기 중이란 얘길 들었다.

"와 주세요. 귀에 뭐가 있는 느낌이 든다고 하십니다."

나는 화가 났다. 토요일 아침이었다. 8시까지 기다리다가 날이 밝으면 병원에 올 수도 있지 않은가. 자기 몸에 자신감이 없는 인간들 같으니.

나는 응급실로 향했다. 이비인후과 칸으로 거칠게 들어서자 그가 서 있었다. 그는 앉아 있지 않고 서 있었다. 덥수룩한 수염과 긴 머리카락을 지닌 그는 초록색 양모 가운을 걸치고 지팡이를 짚었다. 목자였다. 목자이신 예수. 그에게서 진흙땅 냄새가 났다.

예수는 내게 자기 오른 귀에서 무언가 움직이는 것 같다고 말했다. 느낌이 아주 분명하다고 했다. 그가 검은 눈을 깜빡였는데, 나는 그의 눈동자를 읽을 수 없었다. 적당한

높이에 현미경을 대고 이도로 검사경을 넣어 안을 들여다 보았다.

그리고 숨이 멎었다.

그의 고막에 딱정벌레 한 마리가 숨어 있었다. 벌레의 머리는 중이에, 몸통의 끄트머리는 이도에 달려 있었다. 벌레 다리가 움찔하자 작은 막들이 리듬감 있게 늘어났다가 다시 원상복구 되었다. 현미경의 밝은 빛에 비춰보니 벌레는 암녹색을 띠었다. 움직임이 더 강해지고 발을 버둥거리는 것으로 보아 벌레는 빛의 온기를 감지한 것 같았다. 덫에 걸린 생명체.

예수는 끙끙 신음 소리를 냈다.

기가 막혀 말이 나오지 않았다. 나는 아무 말 없이 작은 펜치를 잡고 벌레의 뒤꽁무니를 잡아 조심스레 고막에서 끌어냈다. 가장자리가 너덜너덜한 작은 구멍이 남았다.

나는 딱정벌레를 습포 위에 올려 예수에게 보여줬다. 그는 깜짝 놀라 몸을 움츠렸고 눈이 휘둥그레졌다. 그러면서도 무성한 갈색 속눈썹이 드리운 눈동자가 생각에 잠긴 듯 벌레를 뚫어져라 쳐다봤다. 그리고 나를 심오한 눈빛으로 바라봤다. 말은 없었다. 그는 벌레를 한 번 보고 나를, 다시 벌레를 보고 나를, 다시 벌레를 봤다. 내 핀셋에 벌레는 산

산조각 나 있었다. 예수는 말없이 일어나 치료실을 떠났다.

내가 말했다. "저기요, 기다리세요. 귀를 한 번 더 봐야 합니…."

하지만 그는 이미 사라져버린 뒤였다. 나는 응급 접수대 앞 복도에 서서 절뚝대는 걸음을 재촉해 미닫이문을 열고 아침 안개 속으로 사라지는 그의 모습을 바라보았다. 5시 36분이었다.

이제 다시 잠을 청하기엔 너무 늦었다. 병동을 한 번 돌아보며 붕대를 교체하고 콧속을 흡입하고 채혈을 할 시간이었다. 그리고 살면서 결코 다시 만날 일 없을 환자들을 퇴원시켜야 했다. 하지만 그날은 과감하게 그냥 누워버렸다. 그리고 6시에 깨워졌다.

병동에서 누군가가 지금 당장 의사 진료를 원한다고 했다. 스테이션 근무자가 환자에게 상황을 설명했으나 그래도 그 환자는 의사 진료를 고집했다.

"이 시간에?" 내가 물었다.

"지금 당장이요."

"무슨 일이래?"

"갑자기 귀가 안 들린대요. 그래서 안절부절못하세요. 저희가 진정시킬 수가 없어요."

나는 양치질을 하며 거울을 봤다. 거울 아래에 달린 등은 아주 밝아서 그 조명을 받으면 야간당직 후에도 피부가 화사해 보이고 주름이 드러나지 않아 행색이 꽤 괜찮아 보였다. 그래서 퇴근하는 차에서 백미러로 자연광을 받는 내 모습에는 더 큰 실망감에 사로잡히게 된다.

스테이션에서 만난 환자는 눈 주위가 너무 파래서 언뜻 화장을 했나 오해할 정도였다. 얇은 입술과 까칠한 수염자국과 귀에서 삐져나온 털. 그는 매우 불행해 보였다. 말을 하는 그의 눈에 생기가 없었다.

"벌써 주사를 세 번이나 맞았는데 나아질 기미가 없어요."

잠시 그가 말을 멈춘 동안 나는 스테이션 탕비실에서 커피머신이 작동하는 소리를 들었다.

나는 그와 얘기를 나누기 시작하자마자 그에게 내 발언의 내용은 아무런 상관이 없다는 것을, 그 어떤 경우에도 전혀 중요하지 않다는 것을 깨달았다. 그는 그저 누군가와 이야기를 하고 싶었던 것이었다. 무엇보다 자기 얘기에 귀기울여줄 누군가를 원했다. 그는 급하게 내 말을 끊고 자기 얘기를 했다. "이게 스트레스에서 비롯된 것일 수 있죠."

그의 억양은 질문조가 아니었다. 그는 모든 음절에 똑같은 강세를 주었다. 그 곁에서 커피머신 소리가 다시 한 번 들렸다. 내가 말했다.

"죄송합니다, 아쉽게도 제가 지금 시간이 없습니다. 병동 담당의와 상담하시길 바랍니다."

그리고 자리에서 일어섰다. 그도 자리에서 일어섰다. 나는 고개를 끄덕였고 그는 그렇게 하지 않았다. 나는 그가 알아서 물러나도록 서서 아주 잠깐 기다렸다. 어쩐지 그에게 미안한 기분이었다.

나는 발을 질질 끌며 복도를 빠져나왔다. 바닥이 녹아내린 것 같았고 한 발 내딛을 때마다 발이 더 깊이 가라앉는 기분이었다. 이런 밤의 해결책은 한 잔의 커피다. 나는 벌써 따뜻하고 향기롭고 다정한 커피 향을 맡고 있었다. 그 풍부한 향 하나하나가 몸안에서 풀어지면 내면에도 평화가 찾아왔다. 그걸 마시는 동안에는 환자도, 의사도 없기 때문이다.

여기 당직실에는 나 말고 아무도 없다.

당직실에는 커피머신도 없다.

그저 운명에 달린 일이다.

어떤 악몽

　한없이 피곤했다. 관절이 후들거렸고 근육은 굳었으며 눈꺼풀은 내려앉기 직전이었다. 집에 온 게 너무 기쁜 나머지 들어오자마자 문을 굳게 잠갔다. 문 잠기는 소리가 귓전에 길게 남았다. 그 안에서 나는 완전히 혼자인 기분을 느꼈다.

　금세 깊게 잠이 들었다가 깨니 새벽 어스름이었다. 사람들 발자국으로 짓이겨진 쾨니히스베르크의 진흙길 위로 굵은 빗방울이 무뚝뚝하게 떨어졌다. 빗방울은 진흙의 색을 입은 채 바닥에서 튀어 올라 대기 중에서 사라졌다. 주택 외벽의 아랫단 끄트머리에는 손바닥 너비의 연갈색 테두리가 그려졌다. 공기 중에 물기가 있었다. 가끔씩 지나다니는 말의 콧구멍에서 비와 같은 색깔의 증기가 뿜어져 나왔다. 창문만 봐도 안락함이 느껴지는 어느 여관 앞에서 마차 한 대가 기다리고 있었다. 그 앞에서 술에 취한 청년이 진창에서 넘어졌다가 벌떡 몸을 일으켜서 나에게 다가왔다. 그의 입안에는 이가 없었고 무언가를 말하려 했고 토사물 냄새가 났다. 그는 다시 무릎으로 넘어졌다. 나는 그를 도와주는 대신 여관 문으로 다가가 빗장을 열었다.

그 안에서 나를 맞은 건 상상치도 못했던 소음이었다. 자욱한 연기 사이로 악취가 풍겼다. 축축하고 오래된 담배와 맥주와 음식이 뒤섞인 냄새가.

나는 오래된 나무의자에 앉았다. 내 맞은편엔 그곳과 어울리지 않게 잘 차려입은 백발 신사가 앉아 있었다. 그가 나를 뚫어져라 쳐다봤다.

더러운 앞치마를 배에 두른 사람이 아무 말 없이 내게 맥주 한 잔을 내밀었다. 잔의 절반이 거품이었다. 맛을 보아하니 술이 담긴 오크통에는 짚단이 떠다닐 것이 분명했다. 잔을 테이블에 내려놓으며 내 자신에게 물었다. 무얼 더 바라랴?

맞은편 남자가 잔뜩 찌푸린 눈으로 나를 관찰했다. 나는 고개를 까딱해 보였으나 그는 그러지 않았다. 그의 얼굴에 진지함이 묻어났다. 심각한 영혼이 연약한 가슴에 맞서 싸우는 얼굴이었다.

그는 외모에 비해 한결 새된 목소리로 말했다. 여관의 소음 때문에 나는 그의 말을 거의 이해할 수 없었다.

"선한 의지는 그 결과로 판단되어서는 안 됩니다. 그것 자체로 선합니다."

우리 옆으로 큰 맥주잔 하나가 떨어졌고 내 바지에도 맥주 방울이 튀어 곧 냄새가 진동하기 시작했다.

"우리에게 자유 의지라는 게 있기는…?" 내가 대꾸했다.

"인간은 이성의 존재입니다. 원칙이 있지요."

나는 그의 말을 좀 더 알아듣기 위해, 좀 더 집중하기 위해 머리를 앞으로 내밀었다.

"이성에 의해… 인간은 스스로 원칙을 정합니다. 그에 따라 행동을…."

그때 비명이 싸구려 술집 전체에 울려 퍼졌다. 한 사람이 긴 칼을 들고 탁자 위에 올라가서 허공을 베고 있었다. 몇몇 남자들은 자리에서 일어나 몸을 벽에 찰싹 붙였고 어떤 이들은 아예 문을 열고 밖으로 사라졌다. 탁자 위에 선 남자는 머리에 검은색 붕대를 두르고 있었다. 그는 비명을 지르면서 내가 이해할 수 없는 어떤 언어로 으르렁거렸는데, 미친 것 같았다.

나는 한기를 느끼며 잠에서 깼다. 소음이 멈췄다. 아무것도 남기지 않은 무기력한 결말. 다시 잠들려 애썼지만 병원 생각이 났다. 슈미트 씨 목에서 지혈용 가제를 제거했는지 아닌지 가물가물했다. 내 꿈에 실망감을 느끼며 다시 잠이 들었다.

용감한 어린이 상장

　아무 일도 일어나지 않은 날. 유유자적한 날. 나는 간호사들 사이에 앉아 커피를 네 잔째 마시고 있었다. 그 쓴맛으로 죄책감을 덜었다.

　수술실 불은 꺼져 있다.

　이명을 치료 중인 환자가 어디서 부르는 소리가 들린다고 우리를 찾아온 게 그때까지 일어난 일의 전부였다. 그리고 마침내 환자가 진료소로 들어오는 소리가 들렸다. 먼저 무거운 문이 밀렸고 곧이어 바닥에서 끽끽 삐걱삐걱 소리가 났다. 고통에 찬 소리였다.

　테이블 위에는 우유 한 팩과 찌그러진 아몬드 페스트리

가 멀뚱히 남겨졌다. 문이 세차게 열렸다. 그 순간 우리는 뭔가 일이 벌어졌음을 직감했다.

"어서, 후출혈입니다. 당직 의사는 어디에…?"

품에 여자아이를 안은 소아과 의사가 빠르게 말했다. 아이의 입에서는 피가 흘러넘쳤고 눈은 활짝 열려 있었다. 피부는 병원 벽처럼 창백했다.

우리는 수술실로 달려가 마취과 의사와 간호사를 응급 호출했다. 기계를 간신히 작동시켰다. 몇 초가 영원만큼 길었다. 일곱 살쯤으로 보이는 아이를 수술 의자에 눕혔다. 소아과 의사는 핏줄기가 그어진 가운을 입은 채 그 옆에 섰다.

"편도선 수술을 한 지 4일째입니다. 퇴원했고, 갑자기 뿜어내듯 출혈이 시작됐다고 합니다."

"왜 벌써 퇴원한 거죠?"

"담당 의사의 권고에도 불구하고 3일째에 부모가 집으로 데려갔습니다. 말리기 힘든 상황이었습니다."

편도선 절제술 후에 상처막이 동맥혈관과 분리되면 치명적인 출혈이 발생할 수 있다. 위험한 상황이었다. 나는 밖으로 나가서 수술실 동료들과 마취과 의사가 어디에 있는지를 확인했다. 그 사람이 없으면 다른 이들은 소용이 없다. 아무 소용이 없다.

최종 결정권자는 바로 나다. 내 손기술에 모든 것이 달렸다.

내가 지금 실패하면 한 아이가 죽는다.

의사로서 이론적으로 가정해볼 수는 있는 상황이었지만 실전에서 다뤄본 적은 한 번도 없었다. 구제하고자 하는 필사적인 의지가 무력감과 충돌했다. 지키고 싶고, 지켜야만 하는 한 생명이 예기치 않게 사그라지고 있었다. 아무것도 하지 않으면 영원토록 사라질 것이다. 이런 생각이 작은 괴물처럼 태어나고 있다면 괴물이 행동에 나서기 전에 재빨리 찍어 눌러야 한다.

나는 씁쓸한 흥분을 느끼며 가지를 뻗어나가는 그 생각에 잠시 머물러 있었다. 이런 경우 원칙을 엄수하며 처치를 진행하는 것이 최고의 방책이다.

아이가 아주 가볍게 한숨을 내쉬자 입가에서 피 섞인 공기방울이 터졌다. 눈이 작고 목 여기저기에 붉은 얼룩이 묻은 동료가 탈의실로 들어왔다. 뒤를 이어 마취과 의사가 들어와서 체크무늬 셔츠를 벗기 시작했다.

"가자, 삽관해야 해. 옷은 좀 이따가 갈아입어도 되잖아!"

그가 나를 얼떨떨하게 쳐다봤다. 우리는 다 함께 비틀거리며 수술실로 들어갔다.

수축된 정맥에 힘겹게 바늘을 꽂자 주사액이 쏜살같이 흘러 들어갔다. 채혈. 헤모글로빈 수치는 6.2였다. 상황이 별로였다. 아이는 절반의 혈액을 이미 잃었고, 그중 얼마는 폐로 흡입되었을 가능성도 있었다. 아이는 끙끙 신음소리를 냈고 그러는 동안에도 입에선 작은 핏방울이 뿜어져 나왔다.

나는 생각했다. 아이의 입안이 어떻게 되었을까? 혈관을 봐야 하나? 마취과 의사에게 삽관을 먼저 하라고 할까? 목을 열어서 경동맥을 묶어야 할까? 왜? 어째서? 무슨 이유에서? 왜 하필이면 내가 이 상황에 맞닥뜨리게 된 거지?

이 상황은 주어진 역할에서 빠져나가려는 태도를 용납하지 않는다. 나는 의사다. 아우성치는 괴물은 무시한다. 이건 현실이다.

마취과 의사가 삽관을 했다. 그는 아이의 폐 소리를 들었다.

"부글부글 소리가 납니다, 숨을 들이마십니다" 그가 작은 목소리로 속삭였다.

우리는 아이에게 여러 가지 선을 연결했다. 인두를 진찰하며 편도가 있던 오른쪽 자리를 보았다. 끈적끈적한 핏덩어리가 목구멍을 타고 내려와 선홍색 호수를 이루었고 그 수위가 점점 높아지고 있었다. 작은 구멍 하나에서 거의 보이지 않을 만큼 가는 핏줄기가 기운이 빠진 듯 천천히 흐르고 있었다. 나는 상처를 한 번 더 꿰매고 상처 바닥을 봉합했다. 출혈이 멈췄다. 더 이상 상처에는 이상이 없다.

헤모글로빈 수치는 5.5. 그동안 피를 더 흘린 것이다. 하지만 이젠 멈췄다. 정지. 심전도의 삑삑 소리가 타일 벽에 부딪쳐 온 방에 메아리쳤다. 나는 몇 초간 가만히 아이의 목 안을 응시했다. 아이가 푹푹거리며 숨을 쉬는 박자에 맞춰 나도 같이 숨을 쉬었다.

간호사 하나가 저장 혈액을 가져왔다. 우리는 아이의 목을 열기로 했다. 만일의 경우 다시 한 번 후출혈이 일어날 위험을 최소화하기 위해 인두에 피를 공급하는 동맥의 일부를 묶어야 했다. 모든 것이 순조롭게 진행되었다.

이틀 후 중환자실에 갔을 때 아이가 일어나 침대맡에 앉아 있는 것을 보았다. 소아과 의사는 웃으며 다른 돌발 상황은 없었다고 말했다. 잘된 일이었다. 신경외과에 갈 일은 없다고 그가 덧붙였다. 뇌에는 아무 이상이 없다는 뜻이었다.

아이의 보호자도 거기 있었다.

"자녀분에게 후출혈이 있었고 저희는 긴급하게 한 번 더 수술을 해서 경동맥 일부를 묶었습니다. 그래서 환자 목에 붕대가 감겨 있는 것입니다.”

아이의 보호자는 나를 쳐다봤다. 그가 입을 우물대는 것이 보였다.

“그러면 언제 퇴원하나요?”

“저희는 일주일 정도 더 입원하시길….”

그때 침대에서 귀가 하나뿐인 토끼 인형이 바닥으로 떨어졌다. 아이 보호자는 허리를 굽혀 주운 토끼를 이불 위로 내던지면서 쉭쉭대는 소리로 말했다. “조심해” 그러더니 나를 다시 쳐다봤다. “내일모레요?”

얼마 후 보호자는 병원에서 제공되는 환자식을 두고 간호사들과 언쟁을 벌였고, 아이를 집으로 데려가겠다고 했다. 어린아이에게 병원은 좋지 않다는 게 이유였다. 그에게선 술과 담배 냄새가 났다.

퇴원하는 날 나는 다시 아이와 보호자를 보았다. 보호자의 한쪽 눈이 퍼랬고, 뒷목은 두 겹으로 접혀 있었다. 코브라 문신이 똬리를 튼 팔에 아이가 안겨 있었다. 아이의 오른쪽 목에는 아직 작은 밴드가 붙어 있었다. 아이는 보호자의 치렁치렁한 머리카락 사이로 나를 보고선 구깃구깃해진 용감한 어린이 상장을 잠시 흔들었다. 소아 병동에서 나누어준 것이었다.

　그게 전부였다.

여덟 시간을 기다린 끝에

 수없이 많은 근무를 섰고 시간은 느리고 무겁게 웅얼대면서 지나갔다. 오후가 되면 나는 볕이 거의 들지 않는 의국에 앉아 동료들과 편지를 쓴다. 거의 비슷한 내용에 수신인만 바뀌는 편지다. 해가 낮게 기울어 높은 창문과 수평을 이룰 때쯤 돼서야 내 얼굴에도 비로소 직사광선이 비친다.

 바깥에선 더 이상 눈 냄새가 나지 않는다. 하지만 땅바닥에 서린 냉기는 여전하고 길가에는 물이 얼었던 자국이 남아 있다. 눈과 함께 신발에 들러붙었던 작은 돌들이 실내로 따라 들어온다. 복도를 채운 공기에선 젖은 스웨터 냄새가 난다. 지금을 한 해 중 제일 좋은 시절이라 부를 수는 없으리라.

병원은 지금이 성수기다. 외래는 예약이 꽉 찼다. 몇 분 늦게 도착했을 뿐인데 벌써 진료실 앞에 환자들이 앉아 있었다.

간혹 사람들이 느끼는 불편함에 이렇다 할 원인이 없을 때도 있다. 그럴 때도 그들은 기어이 그 원인을 찾아내겠다며 우리에게로 몰려들었다. 커다란 행성의 중력에 이끌려 궤도를 이탈한 후, 공간을 정처 없이 떠도는 운석 같은 사람들이었다. 대학병원에서 못 찾으면 그들도 별수 없겠지… 개업의들은 이렇게 생각하며 환자들을 우리에게 보냈다.

이제 외래는 꽉 찼다. 대기실에는 더 이상 앉을 자리가 없었다. 그들이 들고 온 진료 의뢰서에는 진부한 의학용어가 난무했고 하나같이 따분했다. 비보상성 이명, 재발성 난청, 복합성 연하곤란, 원인불명의 종양, 원인불명의 어지럼증 외 기타 등등.

많은 사람의 가슴속 절박한 기대는 고통이라는 곰팡이를 피우기에 딱 좋은 눅눅한 바닥이 되었다. 그들은 암을 궤멸하는 약이, 난청을 해소할 주사가, 코골이를 잠재울 새로운 수술법이 있다는 소식을 어딘가에서 읽었다. 그리고 그것에 대한 기대를 안고 병원 순례를 결심한다. 어딘가 더 나은 곳이 있을 거야. 어딘가 나를 도와줄 곳이 있을 거야.

그날 오후 첫 환자는 쉰 언저리의 여성이었다. 얼굴에 수심이 가득했다. 걱정과 알코올은 그의 표정에서 무의미한 호기심을 지웠다. 그 자리를 차지한 건 언젠가 도래할지 모를 더 나은 삶에 대한 공격적인 믿음이었다. 사과 크기의 매끈한 주머니가 달린 그의 턱 아래 피부가 떨렸다. 하악 아래 생긴 멍울로 주머니가 팽팽했다.

"지난 석 달 동안 이 의사 저 의사 찾아다녀 봐도 무언가를 찾아낸 사람은 없었어요."

환자는 내가 동의하길 기다리는 것처럼 입을 살짝 벌린 채 잠시 말을 멈췄다. 나는 고개를 끄덕였다.

"그리고 흡연이 음식물을 삼키는 데 곤란을 일으킬 수 있다고 말해주는 사람도 없었어요."

환자는 또다시 말을 멈추었다. 이번에는 입을 다문 채 몸을 뒤로 약간 젖혀서 도전적인 자세를 취했다. 그러니까 지금 그런 곤란을 겪고 있다는 뜻이었다.

"흐음" 나는 소리를 냈다.

"그리고 4주 전에 초진을 한 슝크 박사가 종양이 있다는 말을 한 건 14일 전이었어요. 내가 말했죠. '뭐라고요? 거기에 종양이 있다고요? 그게 어디서 왔죠? 어째서 전에는 그게 안 보였던 거죠?'"

멈춤.

"이제 저는 어떻게 해야 할까요?"

환자는 다시 뒤로 몸을 기울였다.

나는 그의 입 바닥에서 혀 쪽으로 뻗어 자란 회색 원뿔을 유심히 살폈다. 혀의 일부를 제거할 수 있을 것이다. 하지만 그런 수술을 받고 폐인이 되는 경우도 종종 있었다. 수술 때문에 음식을 삼킬 수 없게 되었다는 것을 증명한 사람들은 수술 비용을 보상받고 영구적 기능 이상을 지닌 채 살아가야 했다.

손가락으로 환자의 목을 촉진했다. 딱딱하게 부어오른 림프절 위로 경화된 피부가 이리저리 밀렸다. 종양은 경동맥으로 전이되었다. 나는 이미 수없이 많은 담배 연기와 술을 삼키느라 고생했을 것이 분명한 후두와 식도를 들여다보았다.

"목구멍에서 종양을 제거해야 하고 그러려면 수술을 해야 합니다."

나는 멈추지 않고 말을 이어나갔다.

"종양의 크기와 형태에 따라 수술 후 방사선치료를 해야 할지도 모릅니다."

방사선치료는 우리가 아니라 방사선치료실의 소관이다. 하지만 당장 환자가 화를 낼 대상은 나다. 나는 그 사실을 알기에 잠시 말을 멈추고 기다렸다.

"네? 방사선이요? 그럼 머리카락이 다 빠지고⋯."

"맞습니다. 방사선치료로 인한 부작용에 대해서는 좀 더 상세히 설명드리겠지만 아마 치료를 반드시 받아야 할 상황이 될 수도 있습니다."

나는 환자의 눈에서 완전히 사라지지 않고 남아 있던 총기를 보았다. 결막 안을 꼬불꼬불 흐르는 실핏줄 사이에서 그 총기가 반짝였다.

"방사선치료는 좀 더 생각해봐야겠어요."

그는 자리에서 일어났다. 우리는 수술을 위해 입원 일정을 조율했다.

그리고 환자는 대체요법 치료사의 권유를 받아들여 그 일정을 두 번이나 미루었다. 치료사는 그동안 환자의 땀에서 엑기스를 추출해 동종요법에 따라 비소와 정량으로 혼합한 다음 가글액을 제조해 그에게 팔았다.

그 환자도 집에서 평면 TV를 볼 것이다. 컴퓨터로 제어되는 최신식 오븐과 스마트폰을 사용할 것이다. 우리는 지금 21세기를 살고 있다. 그런데 어째서 그런 걸 믿는 사람이 이토록 많은 걸까? 그것도 자진해서 기꺼이? 그 원인이 어디에 있을까? 우리가, 현대의학이, 확신과 기대를 걸 만한 여지를 충분히 주지 않아서일까? 아니면 인간의 본성이, 설명이 불가한 기적, 치료, 신화에 대한 인간의 본래적 필요가, 그런 방식을 여전히 작동하게 하는 주체는 아닐까?

나 자신에게 물어보는 사이에 누군가 진료실 문을 열었다. 간호사 힐데가 거기 서 있었다. 그는 이마에 머리카락이 들러붙은 채로 나타나 허공에 침을 튀겨가며 말했다.

"빨리 와보세요, 미친놈이 있어요!"

힐데가 이토록 흥분한 걸 보니 뭔가 무시무시한 일이 벌어진 모양이었다. 간호사 구인 포스터 모델로 써도 손색이 없을 만큼 부드럽고 친절한 그의 표정이 잔뜩 구겨졌다.

진료실 밖으로 나가자 비명이 들렸다.

"당장 나한테 와봐. 내가 보여줄게. 나 통증이 있다고!"

쩌렁쩌렁 울려 퍼지는 목소리가 아니었다. 차분하면서도 시끄럽고 동시에 또렷한, 묘한 소리였다. 나는 목소리의 출처를 따라갔다. 곧 작지만 다부진 몸매의 남성이 보였다. 덥수룩한 수염 사이로 침에 젖어 번들거리는 그의 입술이 보였다. 작고 어두운 두 눈은 곧 튀어나올 것만 같았다. 얼룩진 셔츠 아래 근육질 가슴에는 바지 멜빵이 걸쳐져 있었고 그 아래로 이어진 청바지는 기장이 너무 짧았다. 그리고 그는 운동 중이었다. 발에 롤러스케이트를 신은 것이다. 그는 바퀴를 굴려 이리저리 돌아다니며 닫힌 문을 향해 소리를 질렀다. 그 문 뒤에는 내 동료와 간호사들이 숨어 있었다. 그가 나를 보더니 마치 이태리 배우처럼 대사를 내뱉었다.

"통증이 있다고! 그런데 봐주는 사람이 아무도 없…."

그는 눈꺼풀을 깜빡이더니 입을 다물었다. 목덜미를 덮은 긴 머리카락. 구레나룻 사이로 각진 얼굴과 어울리지 않게 순박한 눈동자가 드러났다.

"저는 여기 의사 중 하나입니다. 제가 어떻게 도와드리면 될까요?"

그가 나를 쳐다보더니 아주 천천히 말했다. "통증이 있어, 여기 안에 아주 깊이" 그는 이마를 가리켰다. 그러고는 얼굴을 찌푸리더니 주먹으로 진료소 문을 쾅 하고 내리쳤다. 엄청나게 큰 소리가 났다. 문에는 주먹이 들어간 자국이 움푹하게 남았고 페인트가 벗겨졌다.

"제발, 진정하세요. 제가 어떻게 도와드리면 되죠?"

"통증이 있다고!" 그가 내게 소리를 지르며 바퀴를 굴려 조금 더 가까이 다가왔다. 그리고 숨을 내쉬더니 간호사 몇 명과 학생들이 쪼그려 숨어 있던 문에 한 번 더 주먹질을 했다. "이제는 손까지 부러지겠네…" 그가 웅얼거리며 몇 초 사이에 부풀어 오른 손을 들어 보였다.

나는 두 발이 눌어붙은 사람처럼 그 남자 앞에 잠자코 서 있었다. 우리 둘뿐이었다. 당장 보안과 직원이 문을 뜯고 들어오리라 기대할 수도 없었다. 몇 초간 침묵이 흘렀고 과묵한 목격자처럼 그저 밝게 비추는 천장등 아래에서 남자는 발을 앞뒤로 놀려 스케이트를 굴려가며 춤을 추었다.

내가 말했다. "잠깐 선생님을 봐드려도 되겠습니까?"

"통증이 있다고…" 그는 이제 한결 조용히 말했다. 하지만 들어 올린 팔 아래 겨드랑이 땀자국은 언제라도 무력을 행사하겠다는 듯 위협적인 신호를 보냈다. 그가 머리를 흔들자 텁수룩한 머리카락이 허공에 날리면서 빵 부스러기이거나 혹은 다른 것일지도 모를 무언가가 함께 날아갔다. 나는 두 손을 들어 그의 호감을 사려는 듯한, 혹은 무력을 나타내는 듯한 몸짓을 취했다. 그러자 그는 천천히, 아주 천천히 텅 빈 진료소를 가로질러 출구를 향해 굴러갔다. 부러진 손을 위로 쳐들고 머리는 계속 흔들면서.

롤러스케이트는 리놀륨 바닥 위에 부드러운 줄무늬를

남겼다. 그렇게 그는 사라졌다. 남은 건 진료소 문에 움푹 팬 자국뿐이었다.

　나는 그 롤러스케이팅 황제가 실제로 어떤 통증을 앓았는지 결국 알아내지 못했다는 생각을 하다가 보안 직원이 진료소 복도를 따라 종종걸음으로 내려가는 것을 보았다.

　천천히 문이 열렸다. 문 사이로 머리들이 들어왔다. 우리는 다시 일을 하러 갔다.

　이제 부부 한 쌍만 남은 대기실을 걸어가다 누군가 명함처럼 접어서 의자 위에 놓아둔 쪽지를 발견했다. 급히 휘갈겨 쓴 듯, 무언가가 적혀 있었다.

　나는 여덟 시간을 기다린 끝에 고작 이명은 치료될 수 없다는 얘기를 들었다.

문제와 답

    아침 회의가 끝났지만 우리는 회의실에 그대로 서 있었다. 자기가 아주 중요하다고 생각하는 사람들이 맨 앞에 섰다. 그 방에는 노르웨이 마법사도 있었다. 구석에. 정면으로 보지 않아도, 하물며 뒤통수로도 나는 그가 가까이 있음을 느꼈다. 우리의 화제는 크리스마스 연휴와 연말에 당직을 배치하는 문제였다. 전통적으로 12월 25일과 31일은 휴일로 취급되었다. 가족이 있는 수련의와 수석전문의들은 크리스마스 연휴에 쉬길 원했고 미혼들은 걸리적거리는 일 없이 새해를 맞는 편을 선호했다. 아무래도 상관이 없어서 이쪽 혹은 저쪽에 끼려고 애쓰지 않는 사람은 거의 없었다. 나는 아무래도 상관이 없다고 말하고 가운을 제대로 입었다. 내 온기가 나를 감쌌다. 주변 사람들은 이해하지 못하겠다는 반응이었다. 하지만 노르웨이 마법사는 한여름 아침 같은 눈빛으로 내게 말없는 동의를 표해주었다. 오직 나를 향해서 눈웃음을 지었다. 그건 칭찬이었다.

당직 스케줄 책임자는 덜덜 떨면서 지난 크리스마스에 당직 섰던 사람들을 우선적으로 배려해 스케줄 초안을 짰다고 말했다. 당장 난리가 났다.

"이건 말도 안 돼, 나는 이번에도 휴일 근무예요…."

"저는 이날 당직 못 해요. 부모님 댁에 가야 해요."

"나는 이날 뮌헨에 있지도 않아요."

한순간 여러 사람의 말이 쩌렁쩌렁 울려 퍼지면서 회의실이 술집처럼 시끄러워졌다. 목소리는 점점 커지고 새된 소리도 들렸다. 책임자가 애써 침착한 답변을 내놓아도 흥분 어린 비난은 끊이지 않았다. 마침 비가 억수같이 내리기 시작했고 돌풍을 맞은 병원의 금속 외벽에서는 선박의 녹슨 쇠줄에서 날 법한 굉음이 났다. 우리는 좌초하고 있었다.

나이가 많은 수련의 하나가 어깨를 움츠리며 말했다.

"지금은 휴일 근무만 잠정안을 확정하고 세부사항은 다음 월요일에 논의하도록 합시다."

"꼼수 부리지 마세요!" 붉은 머리 수련의가 큰소리로 외쳤다. "지금 이 자리에서 계획을 확정해야 합니다."

"제가 연말을 맡을게요" 여자 수련의 하나가 제안했다. 높은 광대뼈가 따뜻한 표정을 과감하게 지어 보이는, 정이 가는 얼굴이었다. 이제 사람들의 눈빛이 내게로 꽂혔다.

"그럼 제가 연초를 맡겠습니다" 내가 말했다.

그제야 평온이 돌아왔다. 최소한 그 순간만큼은 만사가 명확해 보였다. 외래 간호사가 방으로 들어와 안경 낀 눈으로 우리를 돌아보며 "이제 좀 시작해도 될까요…"라고 입을 뗄 때까지 좋은 분위기는 잠시 유지되었다. 끝을 한껏 끌어올린 간호사의 말투는 다분히 공격적이었다. 회의실 밖에는 지옥도가 펼쳐졌다는 뜻이리라.

윗사람들이 먼저 방을 떠났다. 그 즉시 남은 사람들이 분노에 찬 푸념을 시작했다.

"저 인간은 한 번도 휴일에 남은 적이 없어."

"그놈은 항상 뒤에 가만히 서서 주워 먹기를 잘하지."

"에라이, 망해라."

원래 우리는 말없이 똘똘 뭉칠 줄 알았다. 그런데 연휴를 둘러싼 실랑이는 우리 관계에도 무언가 떨떠름한 것을 남겼다. 집단의 단결이 사라졌다. 우리를 그 어떤 명령도 불복하는 법이 없는 유능하고 활기찬 군대가 되게 해주었던 다양성은 이제 약점이 되었다.

병동 복도로 나오자 진료소의 긴장감이 우리를 엄습했다. 무리를 지어 선 사람들은 손짓 발짓을 해가며 이야기를 나누고 있었다. 접수대 앞에는 긴 줄이 생겼고 그중 몇몇은 목덜미에 손을 대고 있었다. 한 아이가 괴성을 내지르자 그 즉시 엄마 팔에 안겨 있던 다른 아기가 합세해 소리를 질렀다. 외래 간호사들은 그들과 눈을 마주치지 않고 긴 줄 사이를 요리조리 빠져나갔다. 심각하게 굳은 표정으로 그저 지나치기만 했다. 훌륭한 방어책이었다. 나 역시 그들과 신체 거리를 유지했다. 그것은 고전적인 방어기제였다.

이따금 멍한 얼굴로 문을 열고 들어온 의사들은 그 누구에게도 붙잡히지 않으려 갖은 노력을 다하면서 다른 문으로 나가버렸다. 환자들은 네온등 불빛 아래에서 의사가 지나가는 모습을 묵묵히 지켜보았다.

나도 그날의 외래 진료를 위해 방으로 갔다.

정장 차림의 30대 남성이 어기적거리며 들어와 내 앞에 앉았다. 단정하게 정돈된 헤어스타일에 눈은 아래로 내리깐 이 환자의 골격에는 타인을 공격할 만한 그 어떤 근육도 붙어 있지 않았다. 꼬고 앉은 허벅지 위엔 휴대전화와 엑스레이 사진 봉투가 놓여 있었다. 사보험이 비용을 지불하는 개인 환자였다. 경영 컨설턴트라고 했다. 나는 그를 마주 보고 앉아 애써 미소를 지어가며 인사를 나누고 무슨 도움을 원하는지를 물었다.

"병원 다른 동료분이 일을 잘하지 못하더라구요. 그래서 옮기게 됐어요. 몇 주 전부터 '이른바' 이명이 생겨서 어떨 땐 웅얼대는 소리가, 어떨 땐 쉬쉬대는 소리가 양쪽 귀에서 '이른바' 영구적으로 들립니다. 지금은 일단 개념부터 파악하는 것이…."

내 생각은 '이른바'에서 막혀버렸다. '이른바'라니, 도대체 무슨 뜻일까?

내가 묻지도 않는데 그는 엑스레이 사진이 든 봉투를 건네고 그대로 설명을 시작했다. 그는 그것이 자신의 경추 사진이며 마모된 흔적이 선명하게 보인다고 했다.

나는 내 경추가 마모되는 기분을 느꼈다. 그는 살아 있는 파워포인트 화면 같았다. 오만함과 둔함이 상호보완적으로 촉진작용을 하는 것 같았다. 슬슬 분위기가 긴장될 무렵, 마침 문이 열렸다. 수석전문의였다. 적어도 그는 까다로운 문제를 푸는 것이 자기 역할임을 아는 사람이었다. 그가 물었다.

"무슨 일 있나?"

'무슨 일'이라는 것은 환자를 두고 하는 말이리라.

"네" 내가 대답했다.

그가 가운을 제대로 입으며 방으로 들어왔다. 그의 무심한 눈빛이 한 손으로 턱을 괴고 앉은 컨설턴트의 얼굴을 짧게 훑었다.

나는 지체없이 말했다. "몇 주간 양쪽 귀에 잡음이 들리는 환자입니다. 청각은 정상이며 다른 문제도 없습니다. 경추 엑스레이에선 마모 흔적이 보입니다만…"

군인 장교 같은 의사, 수석전문의가 자리에 앉아 남자를 쳐다본다. 체념이 깃든 그의 태도가 상대의 위세를 꺾었다. 컨설턴트가 자세를 고쳐 앉았다.

"그럴 땐 경추 마사지와 견인 운동을 하십시오."

내 쪽으로 몸을 돌린 수석전문의는 "만성 근기능 장애 치료를 위한 견인운동 10회 처방"이라고 말했다. 그리고 다시 환자를 쳐다보며 "그리고 은행나무 추출물을 드십시오"라고 말하고, 다시 나를 보며 "3주간 하루 3회 징코 120밀리그램 처방"이라고 말했다. 그리고 잠시 나를 쳐다봤다. 나는 저항의 여지없이 수석전문의에게 동의의 눈빛을 보냈다. 그리고 처방전을 썼다.

컨설턴트는 마치 자신과 상관없는 일을 구경하듯 잠자코 일이 진행되는 과정을 지켜봤다. 그 화면의 배경에는 사과 샴푸향이 은은하게 깔렸다. 전면에는 나의 보스가 서 있었다.

수석전문의가 자리에서 일어나 짧게 환자와 악수를 했다. 텅 빈 눈으로 입가에만 살짝 가짜 미소를 띤 그는 "그럼 이만, 나머지는 담당의와 상의하시면 됩니다" 하고선 마치 그 자리에 있지도 않았던 것처럼 문을 열고 절규가 난무하는 정글 속으로 사라졌다.

남은 자가 나를 쳐다보며 고개를 까딱했다.

나는 그에게 물었다. "괜찮으십니까?"

환자는 이마를 찌푸렸다. "아시다시피 지난 몇 년간 스트레스가 심했어요. 어쨌든 성과를 내야 하니깐 그런 건 '이른바' 아무것도 아니죠."

그는 이번에도 그 단어를 말하고야 말았다. "스트레스를 벗어날 수가 없었어요, 어디가 잘못되는 게 당연합니다" 그는 문 쪽으로 걸어갔다. "다음에 뵙죠, 아니 다시는 뵙지 않겠다고 하는 편이 나으려나요…" 그가 쓴웃음을 지으며 천천히 진료실을 떠났다.

나는 결코 우리가 문제를 찾아냈다고 생각하지 않는다.

하지만 우리는 답을 주었다.

혼잡한 복도로 나갔다. 노르웨이 마법사가 휙 스쳐가는 게 곁눈으로 보였다. 그는 포니테일로 허공을 휙 가르며 지나갔다. 탈의실에서 키스를 한 다음부터 나는 거기서 옷 갈아입는 것을 좋아하게 되었다. 비록 내 두 발은 플라스틱 바닥에 붙어 있지만 상상의 나래는 나를 아름다운 미래로 실어 날랐다.

천장에서 떨어져 바닥에 반사된 불빛이 신경을 날카롭게 했다. 환했지만 그 빛은 왠지 모르게 너무 많은 것을 빨아들였다. 방에 모인 수많은 사람들의 욕구에서 묵은내가 났다. 나는 면도도 하지 않은 채였다. 외래 진료소의 아침은 아름답지 않지만 매우 빠르기는 하다. 과제 하나를 해치우고 나면 곧장 다른 긴급한 업무가 나타난다. 문득 두피가 가려웠다. 스트레스다.

무거운 다리를 끌고 문이 열린 방을 지나치다가 흰 가운을 입은 여러 명의 사람이 말이 어눌한 외국인 직원 앞에 서 있는 것을 봤다.

"귀가 고장나셨다는 걸 너도 아시겠지만…."

"내 청각이 제대로 작동하지 않는다는 것은 알고 있어요. 그러니 추천할 만한 방법이 있나요?"

"보청기를 끼세요, 귀 뒤에, 그러면 훨씬…."

　복합 장애를 가진 아이들 여럿이 청각검사를 위해 진료소로 왔다. 신드롬을 앓는 아이들이다. 대기 의자 아래에 놓인 수건과 물병, 책과 프레첼 봉지, 그리고 장난감이 마치 그들의 생활도 일반과 다르지 않다고 말하는 것 같았다. 첨두증으로 두개골이 뾰족한 아이가 볼을 감싼 수건을 붙잡고 노는 동안 아이의 엄마는 잡지를 읽었다. 어떤 아기의 부모가 검사한 지 3초 만에 그들 자녀의 귀가 먹었으며 일평생 그렇게 살게 될 거란 소식을 전해 들었다. 그 순간 나는 믿을 수 없을 만치 침착한 부모의 얼굴을 보았다. 그들은 이런 일과 싸우는 데 이력이 나 있었다. 그런 불편한 상황이 벌어지는 과정과 아무 상관이 없었음에도 나는 자리에서 얼어붙었다.

　나는 다른 이들의 고통을 볼 수 있었다. 소음에서 떨어져 고요한 순간이 찾아오면 그 고통은 무력감과 부끄러움으로 가득 찬 쓰디쓴 덩어리로 응축되었다. 그것은 과연 우리가 선한 의도로 지음받은 존재인가 하는 의심으로 이어졌다. 하지만 그런 생각도 한때였다. 어느 순간부터 나는 그들의 입장에 이입된 나머지 그 어떤 고통과 절망도 더 이상 관찰할 수 없게 되었다. 나는 고통 받는 사람들이 존재한다는 것을 알았지만 더 지켜보고 싶지는 않았다.

나는 서둘러 어린이 진료실을 지나 수술실로 향했다.

수술 구역을 표시하는 바닥의 붉은 선을 넘어서자 술렁이던 분위기가 사라졌다. 사위가 잠잠해졌고 들리는 건 오직 심전도의 리듬과 맥박을 알리는 기계음뿐이었다.

노르웨이 마법사는 내가 맡아야 했던 수술을 이미 해버렸다. 편도를 제거하고 누워 있는 아이의 머리맡에 그가 앉아 있었다. 개구기를 낀 아이의 입술이 활짝 펼쳐져 있고, 그 아래로는 목구멍까지 튜브가 연결되었다. 아이가 고르게 숨을 내뱉을 때마다 플라스틱 튜브가 뿌옇게 흐려졌다.

그가 나를 봤다. 그의 눈은 이해를 하지 못한다 해도 무조건 낙찰 받고 싶은 예술작품이었다.

"모두 잘됐는지 한번 살펴봐 줄래?"

"물론."

내가 후두를 진찰하는 동안 그는 연구개 뒤쪽까지 잘 보이도록 아이의 목을 조금 당겨서 뺐다. 그는 목젖 아래에 검사경을 비춰서 수술 부위를 내게 보여주려 했다. 그러던 중 작은 거울에 그의 두 눈이 잠시 어렸다.

"잘된 것처럼 보이네."

그는 다시 한 번 나를 쳐다보았다. 그 크고 격렬한 파랑이, 부드러운 존경이, 서늘한 별빛이 흘러나와 내 심장을 쿵쾅대게 만들었다.

"끝났나요?" 그의 뒤에 서 있던 마취과 의사가 쉰 목소리로 물었다. 나는 시선을 고정한 채 말없이 고개만 끄덕였다. 그는 아이의 입안을 한 번 더 열어보고선 석션으로 분비물을 흡입했다.

응급실로 돌아오는 길에 나는 다시 어린이 환자들을 지나쳤다. 내 쪽으로 비명을 지르는 누군가와 큰소리로 구역질을 하는 남자도 지나쳤다. 문득 바닥에 반사된 불빛이 함박웃음을 짓는 것 같다고 생각했다. 접수대 앞에서 한 사람이 대기시간이 너무 길다고 큰 목소리로 항의했고 바깥은 추울 게 분명해 보였다.

우리는 경청할 수 있어야만 한다고, 나는 생각했다. 무슨 일이 있더라도.

이런 밤의 해결책은

한 잔의 커피다.

마지막 크리스마스

1년 중 크리스마스만큼 독보적인 시간이 있을까.

크리스마스 연휴는 보류 혹은 잠시 멈춤의 시간이다. 그 시간 동안 사람들은 내면을 채운다. 깊고 얄팍한 기쁨들을 나름대로 섞어 즐거움을 맛본다. 병원에서도 크리스마스는 소염제 작용을 한다. 따뜻한 반성 속에 기다림과 기대가 짭짜름하게 어우러진다.

크리스마스이브에 나는 당직을 맡았다. 눈은 내리지 않았지만 날은 부쩍 추워졌다. 이제 막 해가 넘어갔다. 고속도로 너머 도시 서쪽에는 여전히 주황색 광선 한 줄이 드리워져 있다. 그 시간이면 기다란 병동 복도에 음식 냄새가 진동했다. 사방이 어두컴컴해졌다. 색색으로 포장된 소포가 쌓인 출입구에서 파랑색 운동복 차림의 남성이 아이 쪽으로 몸을 기울여 귀에다가 뭐라고 속삭였다. 그들 뒤에는 2미터 높이의 소나무 한 그루가 서 있었다. 나무를 휘감은 전구들 중 몇 개는 더 이상 반짝이지 않았다.

사람들은 링거 스탠드에 걸터앉거나 용변 주머니의 플라스틱 꼬리가 보일 새라 가운을 뒤로 열심히 끌어당기며 이야기를 나누었다. 매점 앞에는 귀에 붕대를 감은 환자들이 무리를 지어 휠체어에 앉은 환자가 하는 말을 경청했다.

나는 관광객처럼 병동을 순회했다. 내가 그들 중 하나가 아니라는 것을 오늘 깨달았다. 나는 잠시나마 부모님 집에서 보냈던 수많은 크리스마스이브를 떠올렸다. 따뜻한 음식의 냄새와 포만감, 그리고 버터 쿠키 반죽을 떠올렸다. 면회실 복도에 무릎 높이로 마련된 크리스마스 장식 주변은 환자들과 면회객, 그리고 당직 의사들로 북적였다.

나는 병동으로 가기 전 사람들이 거의 가지 않는 면회객 출입구 끝으로 걸어갔다. 복부 수술실에서 방사선 치료실까지, 진료실을 안내하는 표지판이 잔뜩 붙은 환하고 긴 복도 끝에는 병원 예배실로 향하는 작은 길이 나 있었다. 이곳은 한결 조용했다. 예배 시간을 알리는 게시물 옆에는 천

주교 사제와 개신교 목사의 흑백사진이 나란히 걸려 있었다. 그들은 누군가 시켜서 웃는 것처럼 웃고 있었다.

　예배실로 들어갔다. 공기는 휑했고 아무 소리도 들리지 않았다. 숨을 멈췄다. 긴 교회 의자 대신 일인용 의자가 놓인 검소한 공간이었다. 제단에는 밀랍 양초 두어 개가 켜져 있었다. 흰 천을 덮은 책상의 책꽂이가 텅 비어 있고 그 옆에는 거대한 강대상이 서 있었다. 위로 날아오르려던 찰나를 포착당한 나무 비둘기가 전면에 조각된 책상이었다. 그 위에 놓인 소나무 가지에서 수술용 알코올 냄새가 났다. 좌석 한 열에 가르마를 가지런히 탄 중년 남성이 홀로 앉아 있었다. 그는 마치 예배실의 일부처럼 미동도 없이 앉아 조용히 앞을 응시했다.

　조심스레 예배실 안으로 좀 더 들어가자 촛불 아래에서 그의 깜빡이는 눈꺼풀이 보였다. 그가 입가 근육을 끌어당기자 주름이 깊게 패었다. 그는 잠시 나를 돌아보고선 고개를 짧게 끄덕였다. 입모양으로 대답을 한 나는 조용히 숨을 내뱉었다. 흰 가운이 빳빳하고 불편했다. 이런 날 밤 여기서 무얼 하는 노릇인지 알 수 없었다. 평소엔 한 번도 찾지 않은 곳이었다. 나는 딱히 청할 것이 없었고, 그래서 발길을 돌렸다.

병동으로 돌아와 탕비실에 모여 앉은 간호사들 틈에 끼었다. 식탁에는 크리스마스 리스와 재떨이 그리고 직접 구운 과자가 놓여 있었다. 누가 구워왔는지 아무도 과자에는 손도 대지 않았다. 나는 중얼거리는 소리와 문이 여닫히는 소리와 종이가 찢어지는 소리를 들었다. 들릴락 말락 하게 틀어진 라디오, 방에서 새어 나오는 숨소리, 밤새 살얼음이 얼었다는 지역 방송의 뉴스를 들었다.

담배에 불을 붙일 때만 탕비실로 들어와 몇 분 뒤 다시 나가기를 반복하던 간호사가 나를 새로 입원한 환자에게 보냈다. 그가 왠지 괜찮지 않아 보인다면서.

나는 고요한 밤 조용한 복도를 걸어갔다. 간혹 방문 뒤에서 코 고는 소리가 들렸고 멀찌감치 전화 벨소리도 한 번 울렸다. 그리고 살짝 열린 문틈 사이로 그가 보였다. 나의 오랜 지인.

그는 라디에이터를 너무 높여놔서 후끈한 방 안에서 침대에 앉아 있었다. 손에는 신문을 들고, 촛불처럼 노랗고 따뜻하게 빛나는 침상 램프만 켠 채.

이전에도 여러 번 입원한 적이 있는 환자라서 나는 그를 잘 알았다. 우리는 크리스마스에 서로를 보게 된 것에 진심으로 기뻐했다.

그는 한 척의 난파선이었다. 난치병과 만성질환이 너무 많아서 문제 하나를 치료하는 데도 고려할 변수가 여러 가지였다. 수술이든 약물이든 간에 이런 유기체에 개입하는 데는 엄중한 위험이 뒤따른다. 그래서 이런 환자와 그를 치료하는 의사들은 오히려 느긋할 때가 많다. 희박한 성공 가능성은 그런 면에서 빛을 발했다. 잘될 수도 있지만 안될 수도 있고 우리는 항상 최선을 다하겠지만 그럼에도 결국 그는 난파선으로 남을 것이었다. 독일 중남부에서는 난파선을 '부유하는 물체'라고 부른다. 이리저리 부유하던 그는 우리에게로 와 난파했다.

그에겐 당뇨가 있고 신체 기능을 담당하는 혈관은 망가졌고 만성 간 손상에 신장은 제한적으로만 기능했다. 그 결과 관상동맥에 여러 개의 스텐트가 얇은 빨대처럼 박혀 있는 그의 심장은 변덕스럽게 요동치는 혈액량에 맞춰 펌프질을 해야 했다. 어떤 날은 그의 얼굴이 얼룩덜룩해지고 심통 난 구름처럼 퉁퉁 부어올라 표현이 풍부하고 우아한 그의 이목구비가 따로 노는 것처럼 보일 때도 있었다.

나는 그의 침대 맡에 놓인 의자에 앉았다. 크리스마스이브를 기념해 키안티 와인을 한잔 했다고 말하는 그의 눈가에서 고운 주름이 유려하게 춤을 추었다. 간 손상으로 경미한 황달이 있었지만 핼쑥하다기보다는 오히려 여유롭고 생기 넘치고 즐거워 보였다. 젤을 발라 이마 뒤로 빗어 넘긴 백발에선 군데군데 노란 빛이 났다. 그것도 흡연으로 인한 황달의 일종이었을까? 그가 말을 할 땐 얇은 갈색 입술 사이로 작고 신중하지만 울림이 크고 성숙한 목소리가 차분하게 날아올랐다. 그의 얘기 속에는 아름다움이 깃들어 있었다. 우리는 이탈리아 동북부 끝에 있는 프리울리 지방의 작고 알려지지 않은 장소들에 대한 이야기를 나누었다. 그는 포도밭 한가운데에 있는 펜션에 대해 설명했다. 어떤 귀부인의 딸이 그를 아무도 모르는 작은 해변으로 데려가 주었다고 했다. 그는 이미 여러 번 입원을 했기에 나는 그의 이야기에 등장하는 해변을 여럿 알고 있었다. 이야기엔 어김없이 귀부인이 등장한다는 것도.

그가 가진 모든 문제에 마침내 하인두암이 추가되었다. 목구멍 깊은 곳에 오디 같은 작은 악성종양이 자랐고 처음에는 귀에 통증이 살짝 있는 정도로 시작해 점차 음식을 삼키는 데 곤란이 생겼다. 그는 삼키는 데 불편이 있어도 크게 개의치 않았고 애초에 그의 귀를 진찰한 회사 소속 의사도 특이점을 찾아내지 못했다. 그래서 모두가 별문제 없을

거라 안심했었다. 그도 마찬가지였다. 병원으로 우리를 찾
아왔을 때 그는 이미 음식을 거의 먹지 못하는 상태였고 종
양도 제법 크게 보였다. 수술은 불가능했다. 해부학적 구조
상 훼손될 경우 생명을 유지할 수 없었다. 그 구조에는 귀
로 이어지는 신경이 흐르고 있어서 제일 먼저 귀에 통증이
생겼던 것이었다. 우리는 수술 대신 방사선치료로 종양을
바짝 말려버렸다. 하지만 살아남은 세포들이 몇 년 후 다시
금 새로운 종양이 될 싹을 틔우지 않으리라 확신할 수 있는
사람은 없었다. 그래서 그는 정기적으로 진찰을 받으러 와
야 했다.

오늘 그는 다소 흥분한 상태였다. 치매 증세가 있는 아내
가 잠옷을 입고 집밖으로 나가는 것을 봐야만 했다고 털어
놓았다. 30년을 함께 살았는데 이제는 아내가 찾을 수 없도
록 열쇠를 모두 숨겨놔야 하는 처지가 되었다고 푸념했다.
그렇지 않으면 아내가 어디로 사라질지 몰랐다. 그는 서른
번의 크리스마스를 아내와 함께 보냈다. 얘기를 하는 내내
그의 목에선 거듭 작지만 신경 쓰이는 징후가 보였다.

"상태가 안 좋네요" 내가 말했다. 나는 방사선치료로 변
색이 된 그의 바짝 마른 목 이곳저곳을 손으로 눌러보았다.
좀 더 잘 집중하기 위해 허공을 응시하면서. 주변이 온통

캄캄했다. 그의 목 양쪽에서 뼈처럼 단단하게 굳은 멍울이 만져졌다. 내가 그 멍울을 누르자 그가 작은 소리를 냈다. 나는 촉진을 멈추고 잠시 그를 바라보았다.

"목에 무언가 있는 게 느껴지십니까?" 그에게 물었다.

"아니요, 림프를 너무 세게 누르니깐 저절로 소리가 나온 거라오" 그가 말했다. 목소리에서 와인 향이 느껴졌다. 그가 짧게 윙크를 했다.

"네, 한 번 더 정확하게 검사를 해야 할 것 같네요. 크리스마스 지나면요."

나는 조심스레 미소를 지었다. 눈을 맞추고 그의 의식을 들여다볼 수 있는 어두운 창을 들여다보자 그에게서 유연한 저항이 느껴졌다. 나는 그 마음을 충분히 이해할 수 있었다. 온화함, 평온함, 더는 치료받고 싶지 않다는 소망과 번번이 거부되었을 기대가 나를 바라보며 용서와 이해를 구했다. 나는 그의 소망을 받아들였다.

그가 내게 웃어 보였다. 그가 탁자에 올려둔 신문에서도 산타클로스 수염을 붙인 축구선수 하나가 싱긋 하고 웃었다.

"선생님이 입원하셨으니 배우자분은 어디서 크리스마스를 보내십니까?"

"집에 있어요. 내 동생이 같이 있고 시간제로 간병인도 쓴답니다. 그분이 일도 좀 도와주고 요리도 하지요. 휴일에도 집에 음식을 가져다주러 들르세요. 내가 요리를 해봤자 매일 계란프라이 정도니 그분이 없으면 우리는 굶주릴 수밖에 없죠."

그가 웃었다. 입을 열 때마다 입술이 보라색으로 빛났다.

그날이 그가 병원에서 보낸 마지막 크리스마스였다. 그의 목에선 하인두암이 자랐고 그의 배우자는 치매로 집에 있었다. 그래도 그의 온기에는 전염성이 있었다. 그는 나를 웃음으로 물들였다. 나는 그의 침대 맡에 머물렀고 모든 네온등이 잠든 사이에도 그의 침상 램프는 따뜻한 빛을 비췄다. 바깥에선 두툼한 눈발이 진료실 유리창을 마주한 채 춤을 추다가 조용히 물방울로 녹아내렸다.

머리카락 한 올 차이

새해가 되었고 나는 많은 목을 보았다. 몇 년간 후두를 수도 없이 들여다본 끝에 일반적인 점막 사진으로도 아주 작은 편차를 찾아내는 경지에 이르렀다. 늘어난 주름이나 분비물의 증가, 미세한 홍반과 깨알만 한 부종들을 눈으로 포착할 수 있었다.

배움은 세 단계로 일어난다. 처음엔 모든 것이 새롭고 그것을 모두 받아들인다. 그러다가 중복적으로 나타나는 통증의 지점을 짚어내는 루틴이 생긴다. 하지만 수년간 똑같아 보이는 생명체를 열정적으로, 열린 눈으로 관찰하다 보면 그보다 더 깊은 안목이 생긴다. 그때는 심오한 경험이 꽃핀다.

　내 시선은 마치 모피 상인이 부드러운 모피를 만지듯 분홍색에서 붉은색, 흰색, 노란색, 갈색으로 이어지는 입안의 계곡과 산맥을 훑었다. 목에 통증이 있어서 내 앞에 앉게 된 꼬마 환자의 보호자는 연갈색 모피 코트를 입고 있었다. 박제한 동물의 발바닥이 옷깃에 달린 모피를 본 것은 오랜만이었다. 아이의 편도는 살짝 부어 있었고 중간에 달린 목젖은 대칭이 잘 맞았다. 점막은 필름처럼 후두 내막에 골고루 잘 붙어 있었다. 혀는 자유롭게 움직였고 혀뿌리는 날씬했으며 입천장도 붓거나 붉어지지 않았다. 아이가 숨을 쉬는 리듬에 맞춰 반짝거리는 하얀 성대가 계속 움찔거렸다. 모두 괜찮았다. 가벼운 편도염, 딱히 걱정할 것이 없는, 나로서는 하루에 열두 번도 넘게 보는 증상이었다. 나는 두 사람을 보며 말했다.
　"염증을 없애고 통증을 줄이기 위해 이부프로펜을 처방하겠습니다. 이틀 정도 등교하지 않는 것이 좋습니다. 혹시 상태가 나빠지면 다시 응급실로 찾아오십시오."
　예상 밖에 나는 두 사람을 이틀 후에 다시 보게 되었다. 아이 보호자가 나를 노려보았다. 나는 아이를 살폈다. 상태가 나빠졌다. 음식을 삼키기 힘들어졌고 열이 났다. 증상으로 보아 틀림없는 편도염이었다. 나는 페니실린을 처방했다.

"솔직히 저는 항생제 먹이는 걸 별로 좋아하지 않아요" 모피를 입은 보호자가 말했다.

"이 정도는 괜찮습니다. 약을 먹고도 상태가 나아지지 않으면 다시 오십시오" 루틴대로, 특별할 건 없었다.

이틀 후 야간 당직 중에 응급실의 호출을 받았다. 아이가 거의 말을 할 수 없고 상태가 좋지 않아 보인다고 했다.

막 해가 저문 참이었다. 응급실로 달려갔다. 옷에 달린 발바닥을 단번에 알아보았다. 보호자는 크게 걱정하는 기색이 없었지만 그 아들은 말을 하지도 먹지도 못했다. 후두를 보려 했지만 아이가 입을 벌리지 않았다. 아이의 이마는 초승달처럼 파리했다. 나는 조심스레 치열 사이로 주걱을 넣어 혀를 아래위로 조금 움직여 보았다. 붉게 부어오른 조직 탓에 오른쪽 편도가 보이지 않았다. 목젖이 부풀어 올랐고 입천장이 마치 화상을 입은 것처럼 보였다. 연필 하나 들어갈 만큼도 안 되는 공간 사이로 아이의 뜨거운 숨결이 겨우 빠져나왔다. 아이는 분명 숨 쉴 때마다 뜨거운 국을 마시는 기분일 것이다.

"항생제를 먹였는데도 나아지질 않네요" 보호자가 나지

막이 말했다.

하지만 어째서 이틀 만에 이토록 나빠질 수가 있지? 첫 진료 때부터 항생제를 줬어야 하나? 아니다, 그건 바이러스 감염이 확인된 후에 처방하는 게 맞다. 이 아이는 염증이 급속도로 퍼지는 특이 체질인가? 아니면 항생제를 제대로 복용하지 않은 걸까? 이해할 수 없는 것들이 많았지만 한 가지 분명한 것은, 상황이 좋지 않았고 분명 응급 처방이 필요하다는 사실이었다. 시간이 많지 않았으므로 짧은 몇 문장으로 상황을 설명했다. 아이의 오른쪽 편도에 농양이 생겼으니 당장 수술을 해야 한다고.

"염증이 목 안으로 퍼질 수도 있고 숨길을 막을 수도 있습니다" 둘 다 이미 발생한 일이었다. 그러므로 우리는 수술을 해야만 했다. "내일 아침까지 기다릴 수는 없을까요?" "아니요, 지금 당장 해야 합니다. 여기, 동의서에 서명하십시오. 물론, 의료 과정에서 어떤 돌발 상황이 일어날 수도 있고 수혈을 받을 수도 있습니다. 집중치료실에서 치료를 받아야 할 수도 있습니다. 아니, 모두 잘될 겁니다. 훑어보고 계세요. 저는 수술실부터 잡겠습니다."

수술실 조명 아래에서는 모든 것이 또렷하게 보이리라. 나는 마취과 의사, 수술실 당직 간호사, 수술실 관리자에게 연락을 취했다. 필요한 모두에게 정보를 전달했다. 이제는 그들이 환자를 수술실로 데려올 때까지 기다릴 시간이었다. 나는 병동에 가서 우유 없이 쓴 커피를 마셨다. 초조하고 긴장되었다. 루틴에 따라 처방을 내렸지만 아이의 몸안에선 매우 공격적인 염증이 부화된 것 같다. 그렇지 않다면 이토록 급속도로 악화된 현상을 설명할 길이 없었다.

삐삐가 울렸다. 마취과 의사는 마취를 시작할 때 내가 함께 있어야 한다고 했다. 그는 장황하게 설명하며 높고 흥분된 목소리로 같은 문장을 여러 번 반복했다. 진실은, 삽관이 안 될까봐 겁에 질려 있었다.

편도선에 농양이 있을 때 삽관은 결코 쉽지 않다. 실패할수도 있다. 그렇게 되면 가뜩이나 호흡이 불규칙하고 의식이 없는 아이에게 산소가 공급되지 않을 수도 있다. 수술실에서 그보다 더 나쁜 일은 없다.

나는 수술실로 뛰어가 옷을 갈아입었다. 탈의실에서 마주친 간호사가 피곤에 절은 듯 소리 없이 인사했다. 수술준비실에는 아이가 정맥주사를 꽂은 채 흰 시트 아래 누워 있었다. 아이는 떨고 있었다. 마취과 간호사가 그의 야윈 가슴에 심전도 전극을 붙이자 모니터에서 초록 불빛이 깜빡였다. 맥박에서도 규칙적인 신호음이 들렸다. 신호음은 높이로 정보를 알린다. 혈중 산소포화도가 낮아지면 음높이도 낮아진다. 그 소리를 통해 수술실에 있는 모두가 산소 공급이 충분한지를 알 수 있다. 우리는 환자의 심장이 얼마나 빨리 뛰는지, 생명 유지에 필수적인 기체가 혈액에 제대로 공급되고 있는지를 소리로 들었다. 마취과 의사는 자기가 쓸 기계들을 현란하게 조작하는 중이었다.

"안녕하세요."

우리는 모르는 사이였다. 마취과 간호사와는 안면이 있었다. 간호사는 흰 시트를 멍하니 쳐다보고 있었다.

"시작합시다" 마취과 의사가 말했다. "산소 100%"

그가 아이의 얼굴에 인공호흡기를 씌웠다. 간호사는 눈이 휘둥그레진 아이를 진정시키려 애썼다. "그냥 산소가 들어가는 거야, 편하게 숨을 마시고 내뱉어."

신호음이 빨라지고 아이의 동공이 확장됐다. 겁을 먹은 것이다. 그의 공포가 수술 준비실의 하늘색 타일에 부딪쳐 메아리로 울렸다.

마취과 의사가 중얼대며 말했다. "프로포폴 75…."

간호사가 정맥줄에 주사를 주입하자 우윳빛 마취제가 아이의 혈관으로 밀려 들어갔다.

"이제 곧 엄청나게 피곤해질 거야…" 그의 말과 거의 동시에 소년의 눈이 감겼다.

방 안이 고요해졌다. 모두가 몇 초간 아이의 얼굴을 쳐다보았다. 그의 흉곽이 올라갔다 내려갔다. 마취과 의사는 앰부를 눌러 인공호흡을 시작했다. 광이 없는 까만 고무주머니는 모든 빛을 빨아들였다. 몇 초가 흘렀다. 나는 신발 안에서 발가락을 꼼지락거리며 깔창에 난 우둘투둘한 돌기를 느꼈다. 맥박을 알리는 신호음이 갑자기 낮아졌다. 우리는 모두 혈중 산소포화도를 알리는 숫자를 쳐다보았다. 96%에서 92%로 떨어졌다. 마취과 의사는 앰부를 더 깊이, 더 빨리 눌렀다. 신호음이 더 깊어졌다. 90%.

"더 이상 들어가질 않아요" 그가 놀라울 정도로 차분하게 한숨 쉬듯 말했다.

마취과 간호사가 합세해 양쪽에서 인공호흡기 앰부를 눌렀다. 신호음은 더 깊어졌다. 동료 하나가 아이의 머리 위치를 바꾸었다. 며칠 전만 해도 아무런 걱정 없이 바람에 휘날렸을 아름다운 갈색 머리카락이 지금은 수술대 위에 놓여 있었다. 신호음이 조금 높아졌다. 89% 그리고 90%. 숫자를 알리는 불빛은 매정하게 번쩍거렸다. 신호음이 좀 더 밝아지자 우리 방에도 희망의 빛이 서렸다. 몇 초가 다시 흘렀다. 산소화가 일어나길, 즉 혈액이 산소를 흡수하길 기다렸다.

"후두경."

간호사는 둥근 손잡이가 달린 접이식 주걱을 마취과 의사의 왼손에 건넸다. 주걱 끝에는 작은 전등이 빛을 발하고 있었다. 마취과 의사는 오른손 엄지와 검지로 아이의 턱을 벌려서 입을 열려고 했지만 그리 쉽지는 않았다. 그가 고개를 쭉 빼서 머리를 깊이 숙였다. 끝에 램프가 달린 주걱이 입안 깊숙이 들어갔다.

"석션" 그가 머리를 절레절레 흔들었다. "이런."

그가 후두경을 다시 꺼냈다. 반짝이는 램프 끝에 가래가 실처럼 달려 나왔다.

"호흡기."

심한 염증으로 후두 입구가 너무 부어서 마취과 의사는 아무것도 볼 수가 없었다. 관을 기관에 넣지도 못했다. 모든 게 무너져 내린 기분이었다. 나는 수술복 주머니에 양손을 넣은 채 우리에게 도움이 될 만한 도구를 찾았다. 신호음이 조금 올라갔다. 날카로운 크레셴도.

"후두경."

요청하는 말소리가 좀 더 커졌다. 허공을 휘젓는 동료의 손에 즉각 도구가 건네진다. 새로운 삽관 시도. 이번엔 시간이 좀 더 걸렸다. 그는 이리저리 방도를 찾으며 급하게 도구를 넣어봤으나 신호음이 떨어지자 하던 일을 중단하고 아이에게 마스크를 씌워 절박한 폐에 산소를 공급했다. 잠시 동안 동료가 나를 바라보았다. 환자의 심장박동에 맞춰 마취과 의사가 눈을 깜빡였다. 그가 입꼬리를 당기자 치열이 드러났다. 그의 앞니에서 동질감이 느껴졌다.

자. 이제. 바로 여기. 출구는 없다. 사면이 철판으로 막힌 방에 불이 났고 우리는 나갈 수 없다. 간호사가 비디오 후두경을 준비실로 가져 왔다. 주걱 끝에 달린 작은 카메라가 광섬유로 화면을 전달해 공책만 한 모니터로 인체 내부를 보여주는 장치였다.

"들어갑니다."

동료가 후두 입구부터 퉁퉁 부은 붉은 산을 지나 끝없는 핏덩이들 사이로 카메라를 집어넣었다. 깊이, 더 깊이. 그리고 우리는 새하얀 성대를 보았다. 그가 6.5밀리미터 튜브를 넣었다.

"폐쇄."

그는 양쪽 폐엽에 청진기를 대고 소리를 듣다가 나를 쳐다봤다. 그의 이마에서 전구가 빛을 냈다. 나는 주먹을 꽉 쥐고 있다는 것도 잊은 채 두 손을 잠시 주머니에 넣었다.

"씻고 오겠습니다."

고무 슬리퍼를 신은 발로 문을 세게 차고 나가 세면대 위 거울로 내 모습을 유심히 살폈다. 이제 내 차례다. 해내자. 이 밤 도시 외곽 종합병원 수술실에 나는 홀로 있다. 어제 이맘때는 뭘 했더라? 모든 것이 순조롭게 흘러가야 되는데, 다른 일이 일어나면 안 되는데. 간단한 편도 수술이야…! 나는 복잡한 머릿속을 향해 소리쳤다. 차가운 물이 팔꿈치를 따라 흘렀다. 온수로 편안하게 씻을 수도 있었지만 나는 그러지 않았다. 이곳은 편안하지 않으므로.

씻은 두 손을 허공을 향해 뻗어 올리고 아이가 초록색 수술포를 덮고 입만 잔뜩 벌린 채 누워 있는 수술실로 들어갔다. 심전도 신호음이 규칙적으로 울렸고 포화도도 좋았다. 수술실 간호사가 수술복을 입혀 주었다. 나는 아이의 머리 쪽으로 가서 개구기를 건네받았다. 조심스럽게 입술 사이로 불빛을 비췄다. 아랫입술엔 살짝 피가 맺혀 있었다. 딸각하는 소리와 함께 개구기가 맞물리자 나는 아이의 턱을 벌렸다. 이젠 그리 애쓰지 않아도 됐다. 아이에게 이완제를 주입한 결과 저작근의 긴장이 풀어졌기 때문이다. 턱은 다무는 힘을 거의 잃었다. 편도로 넘어가는 구간까지 보이도록 입을 완전히 벌렸다. 탁구공만 한 부종이 오른쪽 편도를 왼쪽으로 누르고 있었다. 그사이에 관이 있었다. 그 위에 목젖이 대롱거렸다. 나는 수술실 간호사에게 개구기 손잡이를 조금 더 들어 올려보라고 했다. 인두후상벽에 공간을 좀 더 만들어야 했다.

"핀셋" 왼손. "굴절 메스" 오른손.

핀셋으로 편도를 당겨서 편도와 후두벽을 연결하는 점막을 팽팽하게 폈다. 굴절 메스로 그곳을 절개했다. 굽어진 메스 끝으로 점막을 푹 찌른 다음 멈춤 없이 단번에 잘랐다. 은회색 편도 캡슐이 모습을 드러냈다. 가위를 넓게 벌렸다가 접어서 캡슐을 절제. 나는 편도의 세로축으로 가위를 돌려서 점막을 계속 잘라나갔다.

"골막박리기."

간호사가 작은 홈이 나 있는 주걱을 건넸다. 나는 아보카도에서 씨를 빼내는 것 같은 동작을 거듭하여 편도를 후두벽에서 분리했다. 가끔 작은 출혈도 막아가면서. 회색과 갈색 혈관으로 둘러싸인 미끌미끌한 편도가 점점 더 선명하게 모습을 드러냈다. 편도의 후벽을 들어 골막박리기로 섬유조직을 채취하려다가 문득 도구를 놀리던 손을 멈추었다. 그 순간 초록색 크림 같은 농이 흘러내렸다. 부패한 고기의 냄새가 마스크를 뚫고 들어왔다. 혐기성 세균이었다.

"표본 채취."

나는 초록 크림에 면봉을 푹 담근 다음 수술실 간호사에게 넘겨줬다. "석션."

무뚝뚝한 석션이 침울한 소리를 내며 편도 뒤 공간을 허우적거렸다. 얇은 섬유 조직이 느즈러졌다. 빈 공간에 솜뭉치 하나를 눌러 넣자 쑥 하고 들어가는 기분이 느껴졌다. 바닥은 부드러운 진창이었다.

"농양이 대단하군" 나는 초록색 가림막 뒤에서 지켜보던 마취과 의사에게 말했다. 그러고는 시계를 한 번 보고 수술실 간호사의 눈을 보고 환자의 벌려진 입안을 들여다본 다음 다시 마취과 의사를 보았다. 그늘을 드리우는 법 없는 수술등 아래에 선 동료는 늙어 보였다. 솜뭉치 아래에 작고 찐득찐득한 구멍이 하나 생겼다가 금세 피로 채워졌다.

"석션."

나는 골막박리기를 다시 오른손에 쥐고 편도가 밖으로 나올 때까지 삽질을 몇 번 더 했다. 그리고 그것을 핀셋으로 잡아 입에서 꺼낸 다음 간호사의 도구 트레이 위에 올렸다.

염증은 광범위한 괴사를 일으켰다. 녹아내린 조직을 제거해야 했다. 나는 왼손에는 흡입기를, 오른손엔 골막박리기를 들고 편도 뒷벽을 따라 내려가며 눌러 붙은 백태를 제거했다. 강한 쾌감이 느껴졌다. 상처를 치료하는 중이었지만 기분은 이발사 같았다. 헤드램프로 아이의 입안 전체를 훑었다. 다른 쪽 편도에 어떤 식으로 접근하여 어떻게 제거할 것인지를 고민했다. 10분이면 될 것 같았다. 그런 다음 병동 간호사들이 나를 위해 남겨두었을 무언가를 좀 먹으면 될 것이다. 그다음엔 누군가에게 전화를 걸어볼까? 누군가, 노르웨이 마법사? 너무 늦은 시간은 아닐 것이다. 전화를 걸어서 이번 주말엔 분명 쉴 것 같다고 말해볼 수도 있을 것이다.

계속 파내면서 골막박리기를 한 번 더 집어넣으려던 찰나에 내가 파놓은 구멍에 램프 불빛이 스치고 지나갔다. 그리고 나는 얼어붙었다.

저건 뭐지?

엄청난 악력에 관자놀이를 움켜잡힌 느낌이었다. 뒷목이 화끈했다. 맥박이 쉴 없이 요동쳤다. 내 눈 아래로 드러난 정맥보다 내 정맥이 두 배는 더 빨리 뛰는 것 같았다. 내가 파놓은 구멍 아래에 작은 손가락 굵기의 붉고 빛나는 새끼줄이 꿈틀대고 있었다. 경동맥. 심장이 뛸 때마다 생명 유지에 필수적인 혈액을 머리로 보내는 관이다. 그 중요한 관을 보호하는 조직의 두께는 1밀리미터에 불과하다. 그리고 내 칼질은 너무 깊었다. 골막박리기를 한 번만 더 휘둘렀다간 얇은 조직막뿐 아니라 동맥벽까지 제거될 뻔했다. 내 이마에서 땀방울이 연신 흘러내렸다.

심장은 한 번 뛸 때마다 약 40밀리리터의 피를 혈관으로 발사하며 1분에 70회 정도 뛴다. 1분 만에 아이의 혈액 중 절반 이상을 잃어버릴 수도 있었던 상황이었다. 나는 절개된 수술부위를 똑바로 쳐다봤다. 힘이 빠진 내 두 다리가 뻣뻣하게 굳었다.

머리카락 한 올 차이.

머리카락 한 올 차이.

딱 머리카락 한 올 굵기만큼만 더 파냈어도.

나는 수술실 간호사를 바라봤다. 그의 둥근 눈은 반짝였고 촉촉했고 갈색으로 타올랐다. 마취 기록을 작성 중이던 마취과 의사도 보았다. 나는 간호사가 마르지 않도록 연고를 발라놓은 아이의 입술을 보았다. 움찔대는 경동맥을 보았다. 동맥을 감싼 촉촉한 갈색 실가닥들은 동맥벽이 확장하는 리듬에 맞춰 절제된 춤을 추고 있었다. 그 흔들림에 따라 작은 피 웅덩이에도 붉고 반짝이는 파장이 일었다.

동료가 볼펜을 딸깍였다. 가늘게 뜬 그의 눈은 아이를 덮은 수술포에 고정돼 있었다. 이제 어쩌지? 나는 경동맥을 보았다. 헤드램프 밴드가 내 두개골을 옥죄는 것 같았다. 수술용 후드 아래로 습기가 찼다.

나는 벌 받는 듯한 기분과 활활 타오르는 흥분을 동시에 느꼈다. 둘 다 압도적이었다. 경외심이 내 가슴으로 스며들었다. 삼투압 작용처럼, 서서히.

상처 구멍 주위에서 적당히 붉은 빛을 띠는 조직을 골랐다. 그리고 핀셋으로 잡아 혈관 위로 들어 올렸다.

"봉합."

젖은 수건처럼 목 혈관을 감싸줄 인두근 섬유막을 조심스레 꿰매었다. 괜찮아 보였다. 이마에선 땀이 멎었다.

머리카락 한 올 차이.

"됐습니다" 내가 말했다.

다른 쪽 편도를 제거하는 데는 10분이 채 걸리지 않았다. 이쪽에도 염증이 있어서 피를 조금 흘렸다. 하지만 큰 문제는 아니었다.

머리카락 한 올 차이.

오른쪽을 한 번 더 점검했다. 자세히 들여다보자 점막 아래에서 격동이 보였다.

"됐습니다, 이제 마무리합시다."

마취과 의사가 자리에서 일어났다. 수술실 간호사는 덜그럭대며 도구들을 정리했다. 나는 마취과 의사에게 호흡관을 뺄 때 주의하고 후두에는 더 이상 석션을 사용하지 말것을 당부했다.

모든 것이 순조로웠다. 관은 제거되었고 아이는 규칙적으로 호흡했다. 아이가 깨어나서 보호 연고로 들러붙은 눈꺼풀을 떼려고 애쓰는 동안 나는 모든 것이 잘되었다고 말해주었다. 그건 정말 그랬다.

"엄청 큰 농양이 있었어."

그것도 정말 그랬다.

수술이 절대적으로 불가피한 상황이었다고도 말했다.

그것도 정말 그랬다.

그리고 모든 것이 잘되었다. 머리카락 한 올 차이로.

탈의실 세면대에서 나는 얼굴에 찬물을 끼얹었다. 그리고 수술 구역을 나왔다. 나는 다시 안정을 되찾았다. 울렁거리는 검은 창문을 따라 걸었다. 어째서 나는 내 앞에 무엇이 놓여 있는지 미리 안다고 그토록 확신할 수 있었던 걸까?

지하 의국으로 갔다. 긴 복도에는 각 과별로 대기실이 있었다. 내가 지나치는 문마다 그 뒤에는 동료가 하나씩 숨을 쉬고 있었다. 그중 한 명이 내쉰 긴 한숨이 복도를 날아다 녔다. 나는 우리 과 의국 침대에 누워 멍하니 위를 바라보 았다. 천장에선 경직된 경동맥이 이상한 굴곡을 그리며 가 지를 쳐 나가고 있었다.

응급실의 하루

접수대 앞 인파가 대단했다. 창구 뒤엔 갈색 머리 중년 여성이 앉아 있었다. 가끔씩 그 뒤로 과감한 레게머리 여성이 모습을 비췄다. 그들은 거기서부터 자기들의 의학적 문제를 늘어놓기 시작하는 사람들의 인적사항을 접수했다. 나는 진지한 눈빛으로 의사 가운을 휘날리며 그들을 스쳐지나갔다. 그들은 기대감에 두려움이 섞인 눈빛으로 나를 쳐다보았다. 저마다 이마에서 발사하는 멘탈 광선이 얼마나 센지 제대로 마주치면 꼼짝없이 체포당할 듯했다. 줄에 서 있던 환자 하나가 나에게 알은 체를 하며 말을 걸었다. 나는 라디오를 듣듯 그의 말을 흘려들으면서 눈으로는 바닥을 바라보고 손으로는 가운 주머니를 정리했다.

　잠시 후 치료실 내 맞은편에는 베버 씨가 앉아 있었다. 이
번 분기에만 여섯 번째 진료였다. 이전과 마찬가지로 이번
에도 무엇이 문제인지, 내가 어떻게 도와줄 수 있을지 알
길이 없었다. 그저 그와 대화하는 것 외에는. 어쩌면 그에
게 필요한 유일한 의료행위가 그것인지도 몰랐다. 그는 고
등학교 교사였고 사보험 환자였다.

　그리고 그것이 문제였다.

　병원은 적합한 처치인지와 무관하게 일단 처치를 하면
돈을 받았다. 그래서 나는 그의 목 안으로 다시 한 번 내시
경을 집어넣었다. 그는 피로를 느낀다면서 후두를 한번 봐
주길 바랐다. 나에게도 피로가 몰려왔다.
　나는 그의 후두를 찍은 흐릿한 화면을 보았다. 잎 모양의
후두덮개와 그 뒤에 있는 희고 반짝이는 성대가 보였다. 후
두 입구 위에 펼쳐진 점막 주름 두 개가 소리를 낼 때마다
진동하는 것도 보였다. 나는 인체의 구조에 경이로워하며
잠시 동작을 멈췄다. 이처럼 대단한 신비가, 건축물이, 피

조물이 또 있을까. 그런데 가만 보자, 후두가 어때 보이냐고? 내시경 끝에서 점액 한 줄기가 그의 성대 사이로 흘러내렸다. 그것이 후두로 들어가자 그가 발작하듯 기침을 한 다음 무슨 맛이 이렇게 역하냐고 물었다.

"새 내시경 소독제입니다."

"아, 네."

그는 궁금하다는 듯 나를 쳐다봤다. 그래서 나는 말을 시작했다.

언제 물어도 똑같을 문장을 기계처럼 읊었다. 아무 문제가 없고 모든 것이 정상이라는 말. 보통 이런 정보를 전달하는 데 필요한 시간은 몇 초 남짓이다. 하지만 오늘은 4분을 썼다. 나는 그와 나 사이의 공간을 전문용어로 채우고 그걸 하나하나 설명했다. 그의 두 눈이 나를 미심쩍게 쳐다봤다. 그는 일어서며 병가를 한 주 더 연장하고 싶다고 말했다.

"이 상태로는 학교에서 업무를 수행하기가 불가능해요."

"당연하지요, 하루이틀 휴식을 취하시는 것이 좋습니다."

그가 치료실 문을 열어둔 채 나가서 탁한 공기가 밀려 들어왔다. 음료수를 한잔 사오는 게 좋을 것 같았다. 나는 응급실을 지나 자동판매기 쪽으로 어기적대며 걸어갔다. 그때 노르웨이 마법사가 다른 동료와 함께 맞은편에서 걸어왔다. 나는 그가 거기 있기 전부터 그를 보고 있었다. 하지만 의도적으로 그가 아닌 동료의 얼굴을 빤히 쳐다보았다.

　잠시 후 응급실로 돌아오는 계단실에서 얼굴에 피 묻은 손수건을 대고 앉아 있는 사람을 보았다. 다른 사람은 없었다. 피 흘리는 사람과 나, 둘뿐이었다. 그는 콘센트에 플러그를 꽂듯 손수건을 둘둘 말아 양쪽 코에 꽂고 있었다. 나는 그의 어깨를 부축해 응급실로 데려갔다. 비틀거리는 그에게서 술에 취하면 내게서도 나는 냄새가 풍겼다.

　치료실에 도착하자 나는 최선을 다해 모든 것을 하나하나 살폈다. 턱 아래에 각질이 잔뜩 일어난 이 창백한 남성은 3분에 한 번씩 선홍색 핏줄기를 내뿜지만 특별히 눈에 띄는 이상은 없었다. 나는 손수건을 코에서 뺐다.

　그 즉시 묵은 피와 새 피가 파도처럼 울컥 쏟아졌다. 더 많이 놀란 쪽은 그인 것 같았다. 나중에 돌이켜 보면 나조차도 의아할 정도로 당시엔 아무런 감흥이 없었다. 나는 그것을 석션으로 빨아들이면서 그것들이 모두 혈액일 뿐 점막은 없음을 확인했다. 코 한쪽의 작은 혈관이 터진 것처럼 보였다. 코 바닥면 점막에서 중격으로 올라오는 길에서 튀어나온 지점이 보였다. 마취제에 적신 솜으로 그곳을 닦아냈다. 그런 다음 혈액을 응고시켰다. 기구에서 나온 바람이 점막으로 휘몰아치자 그는 두 눈을 질끈 감았다.

그는 그 상황이 못마땅했고 나 또한 못마땅했다. 나는 출혈을 멈추지 못했고 그의 혈압이 치솟자 출혈은 점점 더 늘어났다. 이제는 목구멍에서도 피가 치솟았다. 그는 기침을 했고, 작고 붉은 물방울을 뿌렸다. 그중 일부는 내 볼을 타고 흘러내렸다.

나는 거즈를 3미터쯤 뜯어 그의 코를 막았다. "이젠 목 뒤로 넘어가요." 그가 신음하며 말했다. "기분이 아주 나빠요."

그의 낯빛은 초록색과 흰색을 오갔지만 눈만은 내가 팔을 부축해서 데려올 때보다 더 희고 생기 있었다. 우리는 여전히 단 둘이었다.

그를 뒤로 눕히자 핏줄기는 멈췄다. 나는 곁눈질로 간호사가 들어오는 것을 보고는 말없이 몸을 돌렸다. 눈이 휘둥그레진 간호사는 나를 도와주는 대신 그 자리에 가만히 서서 손으로 입을 틀어막았다.

"나 좀 도와줄래요?" 나는 애써 침착하게 말했다. 간호사가 다가와 남자의 다리를 높이 들었다. 그의 안색이 다시 붉은색으로 돌아왔다가 푸른색이 되었다. 그가 바닥에 힘없이 누워 있는 동안 피와 점액이 기관으로 흘러 들어가 기침을 시작했기 때문이다. 혈압을 재자 200 가까이 나왔다. 노란색 얼룩과 혈관이 도드라진 그의 결막은 마치 화성표면처럼 보였다.

"이제 우리는…" 말하면서도 나는 이 문장이 얼마나 공허한 것인지를 알고 있었고 그도 마찬가지인 것 같았다.

나는 역압을 유발하기 위해 다른 쪽 콧구멍을 솜으로 막았다. 피가 멈췄다. 우리는 젖은 솜으로 그의 얼굴을 닦았다. 그는 피를 흘리는 일이 잦다고 말했다. 혈액응고 억제제를 먹는다고도 했다. 하지만 지금은 기분이 괜찮다고 했다.

나는 그를 귀가시켰다.

코피를 흘리는 사내가 양쪽 코를 솜으로 틀어막고 입가엔 피 찌꺼기를 묻힌 채 대기실 환자들 사이를 지나가는 모습을 지켜보았다. 환자들은 잠시 그를 쳐다보다가 이내 완전 과부하에 걸려 허덕이는 접수 직원에게로 주의를 돌렸다.

내가 커피 한 잔을 가지러 휴게실에 갔을 때 커피머신 옆에는 독일어를 거의 하지 못하는 어린 간호사가 서 있었다. 나는 그의 신발에 커피 몇 방울을 흘리고 말았고 그는 "괜찮아요"라고 했다. 보스니아에서 온 간호사가 세르비아 출신 간호사와 한 테이블에 앉아 창백한 미소를 주고받았다. 나는 이래도 괜찮은 걸까 잠시 생각하다가 금세 내 일을 하러 돌아갔다. 나의 다음 환자들에게로.

진료를 보던 도중 나는 골반 아래쪽에서 끌어당기는 듯한 통증을 느꼈다. 아마 전립선 쪽이리라 짐작되었다. 내 앞에선 환자가 부자연스러운 표정으로 어지럼증이 있는 것 같다고 말하면서도 그게 언제 나타나는지는 설명하질 못했다. 근거가 없었다. 추정뿐이었다.

복도에서 링거 스탠드가 하나 쓰러졌다. 그 환자의 귀를 살펴보는 동안 나는 라디오에서 들은 뉴스들을 떠올렸다. 온통 부정적인 것들뿐이었다. 그것들이 우리를 병들게 만드는 건 아닐까?

불편함을 호소하는 사람들은 끊임없이 몰려왔다.

이명. 스트레스. 귀에 압통. 청력 이상. 먹먹한 기분. 스트레스. 스트레스! 전두동염. 림프절 종양. 후두암.

다음으로 내 앞에 앉은 사람은 언뜻 남성처럼 보였다. 검은색 짧은 머리에 멍한 얼굴, 눈 주위가 창백한 23세. 소매점에서 일한다고 했다. 낡은 옷을 입고 있었다. 그는 두통과 피로, 무기력, 콧물, 헛기침, 목 뻑뻑함, 목 따가움, 삼킬 때 불편감, 트림, 귀에 압통, 이도의 가려움, 이명, 잠들기 전어지러움 등을 호소했다. 나는 창밖을 바라보았다. 새 한 마리가 나무옹이 사이로 모습을 감추었다.

나는 질문을 몇 개 했다. 그는 친절하게 답했다.

호흡기에선 아무것도 찾을 수가 없었다. 그의 코에서 내시경을 빼는 동안에 솔직하게 말해도 될지 말지를 고민했다. 그에게 어느 편이 나을까? 나에겐 어느 편이 덜 힘들까? 그가 앞서 만난 두 명의 다른 이비인후과 의사들은 부비동 수술을 권했다고 했다.

"맞아요, 인후두상벽이 붉어졌고 분비물이 길게…."

"그게 만성적인 것일 수도 있나요?" 그는 나를 빤히 쳐다봤다. 동공이 잠시 커졌다가 다시 줄어들었다. 아마도 구름이 해를 가렸다가 지나가는 듯 방이 어두워졌다가 다시 밝아졌다.

"제 판단으로는 만성적인 부비동염이 가래와 관련된 문제의 원인인 것 같습니다. 부비동을 CT로 찍어보는 것이 제일 좋습니다. 그러면 확실하게 알 수 있습니다" 나는 홀가분한 마음으로 다른 과에 진료를 의뢰하는 서류를 내밀었다.

그가 나를 쳐다봤다. "그러고 나선 다시 이리로 오나요?"

"물론입니다" 달리 무슨 수가 있겠는가? "촬영 후 그 결과를 함께 봅시다."

CT를 찍고 다시 나에게로 돌아오는 동안에도 두려움, 외로움, 믿음, 유년시절 기억과 부모, 온라인 폭력과 오후나절 케이블 TV가 설파하는 메시지들, 중독, 온기 없는 밤들, 성욕 상실과 정체성 위기, 가족의 결함 등이 그를 괴롭힐 것이다. 사랑과 애정이 없는 어두운 골짜기를 더듬거리며 방황하는 동안 이 젊은 사람은 환자가 될 것이고 몸에는 우리 의사들만으로는 판별이 불가한 무언가가 생겨날 것이다.

다음 환자, 들어오세요. 단정한 헤어스타일의 평범한 남성. 슬림하게 재단된 정장 차림. 큰 문제가 아닌 중이염. 나는 진통제를 처방했다. 설명도 마쳤다. 문 가까이로 걸어가던 그가 나를 쳐다보더니 말했다. "의사 선생님, 질문 하나 더 해도 될까요?"

"물론이죠."

"제가 듣기로는 각국 정부, 특히 미국 정부의 비행기가 구름 사이를 날아다니면서 화학 성분을 분사한다고 합니다. 그렇게 해서 날씨에 영향을 주려고 한다는데요, 그 화학 성분에는 중금속이 들어 있답니다. 혹시 그것 때문에 중이염이 생긴 걸 수도 있을까요?"

몇 초간 침묵이 흐르고 나는 아무런 답을 할 수가 없었다. 일단 헛기침으로 시간을 때웠다.

"아시지 않습니까. 이러한 기후 조작이 건강에 유해하다는 연구 결과들도 나와 있습니다" 그가 부연했다.

그는 공감을 바라는 표정을 지었다. 그의 뒤로 간호사 하나가 스쳐 지나갔고 복도의 웅성거림이 치료실로 새어 들어왔다.

"백신도 마찬가지입니다. 그것이 큰돈이 되기 때문에 제약 업계는 비밀을 숨기고, 정치인과 전문가들은 그것이 얼마나 많은 해악을 끼치는지 알면서도 침묵하고 있습니다."

나는 거기에 대해 아는 바가 없으며 토론하고 싶지도 않다고 말했다. 그는 고개를 아래로 약간 숙이더니 한 번 더 나를 쳐다보고선 몸을 돌렸다. 그가 조금 열어놓은 채 떠난 문은 저절로 닫히지 않았다.

나는 머리가 너무 무거워 잠시 가만히 앉아 있었다. 머릿속에선 이름 모를 현악기가 힘없이 나지막이 흐느끼고 있었다. 나는 얼마 남지 않은 전문의 시험을 생각했다.

"안녕하세요, 어떻게 오셨습니까?"

"네, 이번엔 제가 몸이 안 좋아서…."

진료 의자에 앉은 여성의 무릎에는 세 살 정도 돼 보이는 아이가 앉아 있었다. 바닥으로 공갈젖꼭지가 떨어졌다. 아이는 양손으로 엄마의 긴 생머리를 야무지게 움켜잡았다. 엄마는 머리를 잠시 흔들어 잡힌 머리카락을 빼냈다. 여성의 양볼은 붉었고 두 눈은 피로해 보였으며 목 주위에는 장신구를 걸었던 흔적이 남았다.

"어제부터 귀에 묵직한 느낌이 있어요. 정확히 말해서 아픈 건 아니고 누르는 느낌인데 가끔은 여기 아래까지 당기는 기분도 있어요" 한 손이 휘적휘적 머리카락에서부터 허벅지까지를 가리켰다.

"청력 손실이 느껴지십니까?"

"아니요, 그냥 묵직해요. 청력 손실은 없습니다."

"최근에 콧물이 나거나 감기에 걸리신 적 있으세요?"

"아니요, 어차피 코는 항상 막혀 있어요. 하지만 애가 셋이라 그런 것까지 신경 쓸 새가 없죠. 감사하게도 그것 외엔 다 건강해요, 귀가 갑자기 이러는 것 외엔⋯."

"귀를 한 번 봐도 될까요?"

환자는 땋은 머리카락을 넘겨 얼굴과 귀를 드러냈다.

나는 그의 정상적인 귀를 현미경으로 들여다보았다. 보기 전부터 정상일 줄 알았다. 나는 다시 의자 바퀴를 굴려 그의 얼굴에서 멀어졌다.

"귀에 이상한 점은 보이지 않습니다. 고막도 정상이고 염증도 없습니다만…."

아이가 내 얼굴을 빤히 쳐다보고 어깨를 돌려 엄마의 가슴쪽으로 팔을 집어넣었다. 나는 아이의 손가락이 부드러운 옷감 아래로 파고드는 것을 보았다.

"말하자면 귀에서는 질병을 의심할 만한 증거가 보이지 않고…."

드디어 이 꼬마는 백주대낮에 엄마의 가슴을 옷 밖으로 꺼내는 데 성공했다. 환자의 얼굴엔 아무런 표정이 없었다. 나도 마찬가지였다.

"저음성 난청을 진단하기 위해 청력검사를 할 수도 있습니…."

"하지만 듣는 덴 아무 문제가 없는걸요."

아이가 이마를 찌푸렸다. 아이는 가슴을 주무르고 잡아당겼다. 가슴이 갑자기 아이의 입안으로 사라졌다. 아이는 이제 가슴팍에 비스듬히 기댄 채 나를 쳐다보았다. 공갈젖꼭지는 다시 바닥에 떨어졌다. 나는 그것을 주워 책상 위가위 옆에 두었다. 그것은 마치 수술로 절제된 몸의 일부처럼 놓여 있었다.

환자는 계속 말을 했다. 하지만 내 귀에는 들리지 않았다. 그러다 어느 순간 나는 말했다. "일단 이부프로펜을 복용하고 좀 더 관찰을 해보면…."

"하지만 그건 그냥 진통제잖아요."

물어보는 눈이 멍하고 어두웠다.

"이부프로펜은 소염작용도 있어서 효과가 있을 겁니다. 환자분에겐 경미한 염증성 자극이…."

"염증이 있나요?"

"아마 호흡기 자극으로 인해 중이신경에 작은 염증성 자극이 생긴 것 같습니다."

"그런 건 없었는데요."

나는 조금 더 뒤로 물러났다.

"확신하건데 조금 더 지켜보면 귀는 정상으로 돌아올 것 같습니다만…."

"좋아요, 그렇게 될 수 있다면요."

"네, 지금은 일단 지켜보고 상태가 나빠지면 그때 다시 봅시다."

"그러죠."

환자가 일어나 옷매무새를 추슬렀다. 그의 오른 가슴은 작별의 인사도 없이 린넨 블라우스 안으로 숨어들었다. 나는 피곤에 절은 그에게 손을 내밀었다. 그도 뻣뻣하지만 따뜻한 손을 내밀었다.

마침내 응급실의 하루가 지나갔다. 노르웨이 마법사는 더 이상 보이지 않았다. 그도 오늘 근무였을까?

기다리던 사람들이 모두 떠난 대기실 의자에는 종이컵과 신문, 스카프 한 장과 사람 모양 레고 하나가 남았다. 나는 승강기 불빛만 가물대는 깜깜한 복도를 걸어갔다. 내 눈꺼풀도 가물대고 있었다. 나는 몹시 피곤했다. 내려가던 승강기에 휠체어에 앉은 젊은 여성과 링거 스탠드를 붙잡은 남성이 함께 올랐다. 여성에겐 머리카락도, 눈썹도, 속눈썹도 없었다. 그들은 조용조용 이야기를 나누었다.

"이걸 이겨내고 나면 우리에겐 좋은 날이 찾아올 거야."

그는 고개를 끄덕이며 그를 향해 피곤한 미소를 지었다. 그는 분명 앞으로 더 좋아질 것이며 모든 것이 시간 문제일 뿐이라고 말했다.

둘은 작별인사를 나누었고 그는 주차장으로 향했으며 나는 그 뒤를 따랐다.

병원 주차장에서 출발해 첫 번째 신호등에서 나와 그 차는 나란히 대기했다. 그리고 신호가 바뀌자 동시에 출발했다. 그의 앞에는 빨간 셔츠를 입은 노인이 운전을 하고 있었다. 암환자의 배우자는 추월을 시도했지만 오른쪽은 내 차가, 왼쪽은 노인의 차가 막고 있었다. 그는 헤드라이트를 켜더니 노인의 차를 거의 칠 새라 30센티미터 간격으로 바짝 붙었다.

노인은 미동도 없이 제 속도를 지켜가며 운전했다. 마침내 그가 우회전을 하려고 방향 지시등을 켜고 차선을 바꾸자 암환자의 남편은 모욕적인 손가락 욕을 하고 타이어 꿍음을 내며 그 옆을 지나갔다.

나는 지평선을 바라보다가 창문을 조금 내렸다. 알프스에서 불어온 경쾌한 바람이 호수의 내음을 싣고 왔다. 싱싱한 풀, 바짝 마른 밧줄, 따뜻한 돌, 숲 근처 축축한 산책로의 냄새와 함께.

온화함, 평온함,
더는 치료받고 싶지 않다는 소망과
번번이 거부되었을 기대가
나를 바라보며 용서와 이해를 구했다.

우리는 원래부터 이랬던 걸까

악셀이 우리 병동에 온 것은 일주일 전이었다. 건강해 보이는 이 스무 살 청년은 바이에른 산악지대 출신으로 수공업자였다. 그을린 피부, 호감 가는 눈빛. 그를 데려온 것은 아버지였다. 초진 때나 수술 준비 때도 항상 아들 곁에 서 있던 몹시도 친절한 남자.

악셀은 귀에서 진물이 났다. 내가 그를 진찰했을 때는 이미 진주종 때문에 중이가 거의 다 삭아버린 뒤였다.

진주종은 오랜 기간에 걸쳐 진행되는 중이의 염증반응으로 골조를 녹여버릴 수 있다. 염증은 피부와 유사한 조직을 뭉근하게 삭히는 것으로 시작해 점차 중이로, 뼛속으로 파고들며 커졌다. 특정 박테리아들은 귀에서 특히 잘 자랐다. 그건 습하고 기름진 환경을 좋아하는, 박멸이 어려운 박테리아들이었다. 귀에서 고약한 냄새를 풍기는 액체가 흘러나오는 건 일정 시점이 지난 후였다.

매일 우리는 악셀의 귀에서 겉면이 번들거리는 덩어리들을 뽑아냈다. 항생제 치료는 아무런 도움이 되지 않았다. 그건 염증반응이 활성화되기 전에만 진정작용을 했다. CT 사진으로 두개골 바닥 뼈에서도 침윤 흔적이 보였다. 뇌 바로 아래에 놓인 뼈였다. 이 구조물 주위로는 매우 중요한 혈관들이 흐르고 있었다. 무조건 수술을 해야만 했다. 그러지 않으면 악셀은 두개골 내부는 물론 결국은 뇌까지 감염되어 죽게 될 것이었다.

그를 수술실로 데려올 때부터 우리는 이 수술이 결코 간단하게 끝나지 않을 것임을 분명히 알고 있었다. 흔치 않은 수술이었다. 이토록 광범위하게 퍼진 염증은 자주 나타나지 않기 때문이었다. 누구라도 어려운 수술이 될 것을 예상할 수 있었다. 수술할 준비가 된 의사들은 여럿이었지만 결국 수술 계획서에 이름을 올린 사람은 몇 달간 귀만을 전문적으로 수술해 온 의사였다. 다른 모든 기술 학습의 과정과 마찬가지로 외과 수술에도 학습 곡선이 존재한다. 정교한

뼈들을 손으로 맞추고 드릴로 구멍을 내고 복잡하고 세밀한 절개와 봉합을 하려면 작은 것 하나에도 애정을 들여야 한다.

하지만 악셀의 수술은 투박한 자에게 맡겨졌다. 그는 이도와 고막의 얇은 피부를 절개하는 과정에서부터 몇 번이나 피부를 찢어먹었다. 귀 뒤에 수술칼을 댈 때도 귀바퀴를 거칠게 앞으로 밀고 힘을 주어 표피를 푹 찌르고 말았다. 나는 수술용 현미경의 접안 렌즈로 그 과정을 지켜보았다. 그에게선 조직에 대한 그 어떤 애정도 느껴지지 않았다. 그가 뼈에 구멍을 낼 때는 환자의 머리 전체가 흔들렸다. 출혈은 대강 양극 지혈핀셋으로 지졌다. 그러는 동안 그는 계속 콧노래를 흥얼거렸다.

"흐ㅇㅇ음ㅇㅇㅇㅇ음."

마침내 진주종이 모습을 드러냈다. 칙칙한 노란색 덩어리만 정확하게 제거하는 건 불가능에 가까웠다. 몹시 공을 들여도 될까 말까였다.

그에겐 그럴 끈기가 없었다. 이런 문제를 다룰 만한 능력도 전문성도 없었다. 다른 사람에게 도움을 청한다는 건 자신의 약함을 인정하는 셈이었다. 그는 자신에게 능력이 없다는 것을 알면서도 그 일을 밀고 나갔다. 그는 진주종을 잡아 뜯고는 석션으로 빨아 당겼다. 원래는 아주 신중하게 했어야 하는 일이었다. 귀와 뇌는 그리 멀지 않다. 그는 자기가 어디를 만지고 있는지도 잘 몰랐다. 도움을 청하려 하지도 않았고 통제력 상실을 인정하려 하지도 않았다. 결국 단단한 뇌막이 겉으로 노출되었다.

세 시간에 걸친 수술 후 분명해진 사실은, 귀 뒤로 흐르던 악셀의 안면 신경이 절단되었으며 염증은 제거되지 않았을 수도 있다는 것이었다.

몇 시간 후 나는 악셀을 보러 갔다.

내가 병실에 들어갔을 때 그는 상태가 좋지 않았다. 이를 악물고 침대에 누운 그의 입가엔 핏줄기가 흘렀다. 두 눈을 꼭 감고 두 손을 짐승의 앞발처럼 옹크리고 얼굴을 잔뜩 찌푸린 채였다. 신경이 끊어진 탓에 절반만 이완된 얼굴이 기괴해 보였다.

침대보가 부르르 떨리더니 대변 냄새가 풍겼다. 간호사 둘이 그의 곁에 섰고 한 명이 움찔대는 악셀의 다리를 잡았다. 신참 수련의가 정맥주사를 꽂으려는 찰나, 악셀의 팔에 경련이 일었다가 몇 초 후에 풀리기를 반복했다. 그의 손등에 반창고가 이미 몇 개나 붙어 있었다. 나는 침대 가까이로 다가갔다.

"얼른 마취과 당직 의사 호출하세요. 새 바늘, 디아제팜."

다 함께 애쓴 끝에 정맥을 찾아 바늘을 꽂았지만 이미 발작은 시작된 것처럼 보였다. 마침내 마취과 의사가 합류했다.

"젊은 환자이고 광범위한 발작은 처음입니다. 오늘 아침 왼쪽 귀의 진주종 수술. 디아제팜 5밀리그램 정맥주입…"

마취과 의사가 손등에 바늘 하나를 더 꽂았다. 청년은 잠에 빠졌고 호흡도 편안해졌다.

그 편안함이 낯설었다.

우리는 초조했다.

응급 CT를 찍었다. 사진 상으로 두개골 바닥 뼈 중간과 후면에 많은 양의 공기가 차 있는 것이 보였다. 뇌염이 시작될 때 전형적으로 나타나는 신호들도 보였다. CT 기계에서 빼낼 때까지 악셀은 계속 잠들어 있었고 그 상태로 중환자실에 보내졌다. 같은 날 밤 수술 집도의도 악셀을 보러 들렀다. 그는 악셀의 아버지와 잠시 인사를 나눴다. 중환자실 당직 의사와도 대화를 나눴다. 그리고 승강기를 타고 아래로 내려가는 내내 콧노래를 불렀다.

"ㅎㅇㅇ음ㅇㅇㅇㅇ음."

내가 승강기를 기다리는데 다른 동료 하나가 내 옆에 섰다. 나는 생각했다. 시스템이 우리를 이렇게 만든 걸까, 아니면 우리는 원래부터 이랬던 걸까?

바깥은 바람이 불었고 날은 일찌감치 어두워져 있었다. 나는 이미 불이 들어온 버튼을 한 번 더 눌렀다. 우리는 승강기가 몇 층 더 높은 곳에 서 있다고 알리는 숫자를 말없이 바라보았다.

동료는 마치 더는 기다릴 수 없다는 듯 버튼을 한 번 더 눌렀다. 종소리와 함께 승강기가 우리 앞에 섰다. 우리가 탄 승강기엔 머리에 붕대를 감은 남자가 창백한 불빛 아래 링거 스탠드를 잡고 서 있었다. 우리가 탄 양철칸은 재빨리 아래로 내려갔고 지나가는 층마다 초록색 숫자를 표시했다. 지하층 버튼 옆에는 누군가가 지옥이라고 써놓았다.

환자들

커피를 마시러 병동 스테이션으로 갔다. 모든 것이 여느 때와 다름없어 보였다. 그리고 잠시 후 진료소로 돌아오자 이미 누군가가 진찰 의자 위에 쪼그려 앉아 있었다. 그가 내게 강렬한 눈빛을 보냈다. 그의 입가는 죽은 피부가 벗겨 지면서 생긴 콩알만 한 얼룩들이 에워쌌고 그 위는 누런 연고로 덮여 있었다. 턱수염엔 각질이 대롱대롱 매달렸다. 단정하지 않은 외모였다.

"의사 양반, 내가 통증이 어마어마한 대상포진에 걸린 것 같소. 당신 소견은 어떻소?"

나는 바닥을 발로 밀어 바퀴 달린 의자를 조금 더 뒤로 옮기려고 했지만 바퀴가 먹통이었다. 붉은 발진이 수포 몇 개를 에워싸 생긴 덩어리가 그의 귓불과 입 주변 군데군데에서 보였다. 수포 중엔 딱지가 덜렁대는 것들도 있었다. 모두 한쪽 얼굴에만 생겼다. 피부 신경에 병이 생겼을 때 나타나는 전형적인 증상이었다.

　"네, 헤르페스 조스터일 가능성이 높네요."

　"그러니깐 뭘 해야 한다고?"

　"혹시 귀가 잘 안 들리십니까?"

　"아니요, 평소와 같소. 그저 사람들이 하는 말을 예전만큼 이해하기가 어려워져서 그렇소."

　"그럼 청력 테스트를 해볼게요."

　"의사 양반, 친절하시군. 하지만 나는 그저 당신 소견을 듣고 싶을 뿐이오."

　"그건 제가 방금 말씀 드렸습니다. 그리고 혹시 대상포진 때문에 환자분의 청각기관에 손상이 생겼을 수도 있으니 검사를 해봐야 합니다."

　"어떤 조치를 취해야 한다는 데는 동감이오. 그런데 문제는 바이러스 아니요?"

　나는 환자를 살펴보았다. 그에겐 표정이 없었다. 입은 삐

뚫어져 있었고 윗입술은 얼굴을 파고들 듯 말려 올라갔다. 두 눈은 겨자색에 가까운 연갈색이었다.

"옳은 말씀입니다. 헤르페스는 바이러스 질환이고 피부 신경을 공격합니다. 환자분이 통증을 느끼는 원인이 거기에 있습니다. 하지만 청신경이나 안면 신경도…"

"안면 신경에는 별 이상을 못 느낀다오. 찌르거나 당기는 듯한 통증이 여기 볼에 있는데…"

그가 얼굴을 부드럽게 문지르자 각질이 떨어져 나와 바지 위로 내려앉았다.

나는 잠시 창밖으로 눈을 돌렸다. 이럴 때면 자연의 어떤 신호를 바라게 된다. 뇌처럼 생긴 구름이 보이거나, 나뭇가지를 타고 올라가는 딱따구리 한 마리라도. 하지만 이번엔 아무것도 보이지 않았다. 아침 햇살 속에 포플러 나무 가지만 흔들릴 뿐이었다.

"그럼 청력 테스트는 관두겠습니다. 우선 바이러스의 증식을 막는 약을 처방해 드리겠습니다. 하지만 통증은 좀 더…"

그가 내 말을 막았다. "약은 원하지 않소. 그저 통증이 사라지면 좋겠고 그게 어디서 왔는지를 알고 싶소."

나는 그를 다시 쳐다본 다음 조금 더 가까이 가려고 몸을 숙였다. 저항하는 바퀴에 맞서 의자를 힘겹게 끌어당겼다.

"좋습니다. 환자분은 헤르페스 조스터라는 병을 앓고 계십니다. 대상포진이라고도 부르지요. 바이러스 활성화의 결과로, 만약…."

"내 생각도 그렇소."

"제발 제 의견을 끝까지 말할 수 있도록 조금만 더 들어주십시오."

"내 생각에도 이건 대상포진 같소."

이건 무슨 경우인가? 이 대화를 어디로 끌고 가야 한단 말인가?

환자는 왼쪽 눈꺼풀을 움찔거렸다. 안면 신경마비일 수도 있었다. 혹시 내가 이걸 짚고 넘어가지 않으면 그는 다음 날 다른 의사를 찾아갈지도 모르고 그럼 그 의사는 내가 미처 이걸 발견하지 못했다고 생각할지 몰랐다.

"이마를 한 번 찡그려보십시오."

"그게 발진과 무슨 상관이 있소?"

"염증이 안면신경에 생겼을 수도 있고 그러면 마비가…."

"나는 마비가 없소. 나는 얼굴에 생긴 대상포진 때문에 왔소이다."

결국 그는 자리에서 일어나 나갔다. 처방전도 진단서도

받아가지 않았다. 아침 댓바람부터 종합병원을 찾아왔으나 나와는 말이 통하지 않았다. 혹시 나만 그를 이해하지 못한 걸까? 의자에서 일어나자 허무와 수고와 무기력의 무게가 즉각적으로 느껴졌다. 살면서 좋았던 대화는 어떤 것이었던가, 떠오르는 것이 없었다.

시간은 계속 흘렀다. 앉아만 있어서 다리가 무거웠다. 운동을 다시 하고 싶은 마음이 들었다. 창밖에서는 동고비 한 마리가 나뭇가지로 날아와 가지를 단단히 붙들기에 앞서 잠시 미끄러질 듯 휘청거렸다. 그리고 잠시 나를 바라봤다.

나는 도대체 언제 집에 갈 수 있을까?

다음 환자를 보는 데는 몇 분 걸리지도 않았다.

나는 그의 눈을 봤다. 아니, 정확히 말하자면 그에게 남아 있는 한쪽 눈을 들여다봤다. 환자는 열네 살이었고 얼굴이 괴상하게 일그러져 있었다. 왼쪽 절반에는 붉은 흉터가 정신없이 나 있고 쭈그러든 왼쪽 눈은 들러붙은 눈꺼풀에 덮여 있었다.

파키스탄에서 청혼을 거부당한 남자가 황산 테러를 저질렀다. 어떤 인간들은 간단하게 그런 일들을 저지른다. 싫어? 그럼 네 얼굴을 망가뜨리겠어. 그는 배터리 안에 있던 황산을 테러의 수단으로 썼다.

여성은 자기를 공격한 사람과 그들의 가족들이 사는 마을에서 1년을 더 살았다. 수치는 고스란히 피해자의 몫이었다.

환자의 멀쩡한 다른 쪽 눈이 호기심으로 반짝인다. 혹은 공포일까? 어쩌면 간절한 요청일지도. 환자는 뮌헨에서 무엇을 보았을까? 무언가의 아름다움을 판별할 기준을 갖고 있을까? 그의 눈은 너무나 아름다웠다. 깊은 눈동자는 따스한 색을 품었고 나머지는 순백으로 빛났다. 천장으로 들어온 빛이 그 눈에 어려 촉촉한 상을 빚어냈다. 그에게 말을 걸자 동공이 조금 수축되는 것을 알아볼 수 있었다. 그의 표정은 한 가지 틀로 굳어졌다. 더 이상 읽을 수 있는 표정을 만들어내지 못하는 사람과 이야기를 하다보면 마치 남의 대화를 구경하는 것 같은 이상한 기분이 들었다.

한 재단이 환자를 뮌헨의 의사들에게로 데려왔다. 우리가 맡은 업무는 다른 병원들과 협력하여 어떤 일을 해내야 하는, 세간의 관심이 집중된 프로젝트였다. 환자 그리고 병원을 위한 프로젝트.

우리는 그의 얼굴을 되돌리고자 했다. 흔치 않은 수술을 기꺼이 감당하려 했다. 병원 안에서는 누가 어떤 방식으로 수술을 집도할지를 두고 갑론을박이 벌어졌다.

누가 코를 재건하지?

누가 눈꺼풀을 맡지?

누가 흉터를 지우지?

'성형수술'을 진료과목에 추가하기 위해 재교육을 받고 인사고과를 쌓은 사람이 누구지? 뮌헨 시내 중심지 대리석 건물에 청동 간판을 걸고 개업할 사람은 누구지? 보톡스 주사를 맞고 코를 높이려는 미용 관광객들이 그곳으로 몰릴 것이다. 그리고 엄청난 매출을 올릴 것이다.

아무래도 좋다, 일단은 하던 일을 계속하자. 계속 다음 환자를 보자.

그래서 나는 렝엔부쉬 씨에게로 갔다. 그는 훌륭한 신사였고 나이도 그리 많지 않았다. 하지만 그가 겪는 통증은 엄청났다. 그에게 생긴 종양은 몇몇 신경이 흐르는 두개골 바닥의 한 지점을 눌렀다. 아마도 아주 빨리 통증이 느껴졌을 것이다. 수술을 허락하지 않는 위치에 생긴 종양이라 우리가 할 수 있는 처치는 제한적이었다. 렝엔부쉬 씨는 방사선 치료를 받았다.

나는 그의 침대맡에 섰다. 그가 아랫입술을 축 늘어뜨린 채 나를 올려다보며 우리가 무엇을 할 수 있는지를 물었다. 나는 전문용어를 동원해 우리가 그의 통증을 치료할 것이며 거기에 적절한 약들이 있다고 답했다.

"원하신다면 간호사들에게 처방을 내려놓겠습니다."

그때 예상치 못한 일이 일어났다. 그가 나에게 잠깐 곁에 앉겠느냐고 물었던 것이다.

나는 의자를 가져와 앉았다. 우리의 얼굴 높이가 비슷해졌다. 이젠 애쓰지 않고서도 눈빛을 주고받을 수 있었다. 그의 눈은 피로와 분비물에 절어 있었다. 얼굴 피부는 건조했고 목 뒤로는 소정맥이 번개 모양으로 흘렀다.

그는 얼마 전 살면서 처음으로 사랑에 빠졌다고 말했다. 진정한 사랑. 그는 인생 전부가 그 사랑에 종속되는 것을 아주 분명하게 느낄 수 있었다. 더 이상 주저할 것도, 생각할 것도 없었다. 6년 전 배우자 시빌레와 결혼한 그는 이후 5년 반을 툰트라에서 보내는 쓸쓸한 일요일처럼 살았다. 그리고 휴가 중에 이탈리아 엘바에서 새로운 사랑을 만났다. 시빌레와는 즉시 이혼했다.

그의 새로운 사랑은 남자였다.

그는 살면서 처음으로 해변에 누워 다른 아무것도 하지 않고 오직 다른 한 사람을 바라보며 자기 심장이 파도보다 더 큰 소리로 뛰는 것을 느꼈다고 말했다. 책도, 잡지도 읽지 않았고 먹지도 마시지도 않았다. 오직 해변에서, 오직 두 사람만. 저녁이 되면 다른 해수욕객들은 서서히 해변을 떠났고 햇살도 누그러졌다. 모래의 온기도 오래가지 않았다. 때는 이미 9월 말이었다. 그는 까맣게 그을린 해변 상인에게 산 수건 위에 새 친구와 함께 누워 있었다. 수건을 살 때도 흥정은 하지 않았다. 그들은 그저 거기에 누워만 있었다. 잔잔한 파도가 조심스럽게 모래를 바다로 훑어갔다.

팔로 그를 감싸 안은 연인이 몸을 구부려 그를 만지다가 멍울 하나를 발견했다. 목 주변이었다. 그를 천 번쯤은 어루만지고 입을 맞추었을 배우자는 찾아내지 못한 것이었다. 새로운 사랑은 그를 진실로 만졌다.

하지만 그가 찾아낸 것은 그리 아름답지 않았다.

얼마 지나지 않아 둘은 진료소를 찾았다. 엘바의 갈색을 고스란히 간직한 채로. 휴가는 이제 지난 일이 되었다. 목에 생긴 경화증은 선암이 전이된 것으로 치유가 불가능한 상태였다. 집중적 검사에도 전이가 시작된 원래 종양을 찾아내지 못했다. 장에도, 폐에도, 복부에도 없었다.

목의 멍울을 수술로 제거한 이후에 한동안은 모든 것이 괜찮아 보였다. 하지만 반년 후 재검진에서 우리는 다시 종양을 발견했다. 이번엔 두개골 바닥이었다.

처음엔 안구운동을 제어하는 신경이 이상신호를 보냈

다. 한쪽 눈은 하늘을, 다른 쪽은 지평선 너머 엘바를 향했다. 그의 눈엔 모든 것이 두 겹으로 보였다. 몇 주 지나서부터는 음식을 삼키는 데 곤란이 생겼다. 다른 한편으로는 후두의 감각이 사라졌다. 친구와 외식을 하던 그의 입에서 헬무트 랭이 디자인한 바지 위로 브루넬로 와인이 뚝뚝 떨어졌다. 그리고 그게 다였다.

모든 것이 시작되었다. 모든 것이 끝났다. 새로 핀 인생의 꽃은 갈기갈기 찢겨졌다. 모두가 그를 떠났다. 인생의 미로 끝에는 연녹색 통증이 기다리고 있었다. 그에겐 다른 친구가 없었다. 홀로 남겨졌다. 결국 그는 귀에서 들리는 소리가 약이 넘어가는 소리인지 엘바의 해변에서 잔파도가 치는 소리인지도 구별하지 못하는 순간을 맞았다. 문병을 오는 사람은 없었다.

그의 침상 옆엔 시빌레의 사진 한 장이 서 있었다.

그게 다였다

건물의 알루미늄 외벽이 바람에 덜컹였다. 창문과 외벽 가까이에 서면 건물의 내면이 내뱉는 호흡, 신음, 한숨을 들을 수 있었다. 그 안에서 일하는 직원들, 의사와 간호사와 기술자와 행정 직원들은 신진대사를 원활히 유지하기 위해 부지런히 움직이는 작은 기관들이었다. 어떤 날엔 끙끙대는 소리가 선명하게 들렸다. 그러면 나는 창문을 열었다. 자동 온도조절 장치가 없는 방이니 가능한 일이었다. 그러면 곧장 '바깥'이 전달하려던 메시지를 이해할 수 있었다. 온화한 공기, 피부를 부드럽게 어루만지는 바람, 새들의 지저귐, 풀과 나무, 꽃과 땅, 그리고 생명의 향기.

서늘한 바람에 해초향이 실려 들어왔다. 노르웨이 해초의 내음. 가까운 산맥 등성이에서 눈밭 가장자리가 녹는 냄새도 났다. 그 녹은 물이 풀과 솔잎을 삭히고 거기서 흘러나온 기름이 두둥실 떠오른 4월의 공기와 뒤섞였다.

　나는 몸을 돌려 책상을 내려다봤다. 서류와 서류, 그리고 또 서류. 층층이 쌓여 더미를 이룬 서류. 나는 소견서를 써야만 했다.

　의사 소견서는 다른 의사에게 해당 환자의 병과 그간 진행한 진단적, 치료적 수단에 관한 정보를 제공하는 문서다. 소견서에서 한 사람은 한 케이스가 된다. 타자화는 예정된 절차다. 나는 자리에 앉았다. 노르웨이 마법사를 생각했다. 최근 우리가 함께 한 식사에서 내 영혼의 모든 짐이 그의 미소 한 번에 날아가버린 것을 떠올렸다. 공간을 가득 채운 그의 말들, 빨갛고 노란색으로 공기 중에 반짝이던 단어들, 그리고 향기 맡듯 그것을 빨아들이던 나. 나는 그가 하려던 말이 끝나기도 전에 그 말을 모두 이해할 수 있었다.

　오늘은 그가 병원에 없었다. 아프다고 했다. 해야 할 일이 손에 잡히지 않았다.

　때마침 감사하게도, 삐삐가 울렸다.

　바로 옆의 옆방이었으므로 멀리 뛸 필요는 없었다. 환자는 두 달 전에 입원한 공주였다. 그는 교통사고로 안면에 심각한 화상을 입었고, 얼굴은 형체를 알아볼 수 없게 되었다. 코끝이 사라졌고 한쪽 눈꺼풀을 잃었으며 입술엔 상처 자국만 남았다. 뜨겁게 달아오른 기체를 흡입한 탓에 기도와 후두 점막이 손상됐다. 그것이 그가 병원에 머무르는 지금 당장의 명분이었다.

그는 왕실의 일원이었다. 그건 생명과는 무관했지만 돈과는 관련이 있었다. 그리고 그 때문에 그는 독일 병원에서 몇 달째 치료를 받는 중이었다.

본국에서는 사고 소식이 알려지지 않도록 그를 숨겨두었다. 하지만 그의 후두점막이 뭉개졌기 때문에 더 이상 그럴 수 없었다.

응급호출을 한 건 간호사였다. 침대에 앉은 환자의 두 눈이 앞으로 불거져 나왔다. 입안으로 따라 들어오는 금속 파이프 때문에 호흡을 할 때마다 고통스러운지 얼굴은 창백하다 못해 새파랬다. 숨을 내뱉으면 침방울이 침대보로 흩뿌려졌다. 이상하게도 불에 타 시커먼 얼굴을 보는데도 내 마음엔 동요가 없었다. 텅 빈 표정에선 죽음의 공포를 알아볼 수 없기 때문이리라.

공주는 기관 절개를 통해 숨을 쉴 수밖에 없었다. 화상을 입은 후두가 좁아졌기 때문이다. 우리는 이런 상황을 개선하려고 노력했다. 수술로 기도에서 특히 좁아진 지점의 연골을 제거하고 갈비뼈 연골 한 조각을 이식했다.

하지만 회복 과정이 지난했다. 먼저 호흡기 점막이 건강하게 자라서 이식된 연골 위를 덮어야 했는데 그게 오래 걸렸다. 그동안 수술 부위에 딱지와 염증과 붓기가 생기더니 기도가 다시 좁아졌다.

그의 후두엔 손가락 굵기의 딱지가 앉아 호흡마다 심하게 아래로 빨려 들어갔다. 숨을 들이마시면 그 조각이 이리저리 들썩거렸다. 기관에선 덜덜대는 소리가 났다. 그는 더 이상 두려움을 표현할 수 없었고 항상 똑같아 보였다. 누군가 면회를 와도 눈과 얼굴은 언제나 같은 표정에 머물렀다. 지금도 마찬가지였다.

나는 길고 각진 핀셋과 내시경을 잡았다. 그 도구로 기도를 건드리자 그가 기침을 시작했다.

나는 영어로 말했다. "아무 소리도 내지 마세요, 잠깐만 참으세요, 여길 잠깐만 볼게요…."

크고 얌전한 두 눈은 아무 말도 하지 않았다. 한 번의 그르렁. 따뜻한 날숨.

나는 딱지를 잡으려 애썼다. 하지만 그 가장자리가 너무 약해서 도무지 핀셋에 붙들리지 않았다. 나는 결국 딱지의 일부를 뭉개버렸다. 그가 아주 요란하게 기침을 했다. 다시 공기를 빨아들였고 주름진 눈꺼풀에 눈물이 맺혔다.

간호사는 그르렁대는 석션을 붙들고 있었다.

스치듯 공주의 손을 보았다. 정상인 손가락 두 개는 가늘고 아름다웠다. 나머지는 들러붙어 덩어리가 되었다. 하늘색 침대 시트를 꼭 움켜쥔 손.

"세척, 염화나트륨 주사."

간호사가 즉시 주사기를 넘겼다.

우리는 과감하게 몇 밀리리터를 분사해 기관을 씻었다. 그리고 절개된 구멍으로 들어갔다. 정맥이 요동치고 즉시 기침 발작이 시작되었다. 나는 부드러운 석션을 기관에 넣어 딱지를 떼어내려고 시도했다. 그러자 그에게서 기침이 폭풍우처럼 쏟아졌다.

그게 다였다.

아니, 피 섞인 분비물도 좀 나왔다.

그가 들이마시는 공기의 양이 훨씬 줄었다. 아마도 딱지가 휘어지면서 양쪽 주 기관지 입구를 모두 막아버린 것 같았다. 이제 그의 두 눈이 더 커질 수 없을 만큼 커졌다. 하지만 시각 기관의 전부이다시피 한 동공은 빛을 잃었다. 나는 다시 염화나트륨 몇 방울로 기관을 씻어냈다. 딱지를 떼어냈더니 한순간 방 안이 고요해졌다. 마른기침을 심하게 해대던 그가 손가락 굵기의 황갈색 딱지를 침상 바닥으로 힘차게 내뱉었다.

그는 그걸 말없이 쳐다봤다. 떨어져나간 아래 눈꺼풀 틈으로 보라색 결막이 빛났다. 그는 침착하게 숨을 내뱉었다.

내가 말했다. "됐어요…."

간호사가 물건들을 정리했다.

공주가 나를 쳐다봤다. 그의 눈에 얕은 호수가 생겼다. 바닥이 붉은 호수. 몇 가닥 안 되는 속눈썹이 젖어들어 수풀처럼 서로 들러붙었다. 오아시스. 불에 바짝 말라버린 얼굴에 유일하게 물이 고이는 곳. 하지만 마실 수 없는 소금물.

할 일이 몇 가지 있었다. 특히 진료소에 있었다.

거기에 서퍼가 앉아 있었다. 꼬불꼬불 금발머리에 검게 그을린 얼굴, 헐렁헐렁한 스타일. 그는 무언가를 말하고 또 말했고 이따금씩 소리를 지르기도 했다. 그런데 아무도 그를 믿지 않았다. 믿음이 없었다. 이 의사 저 의사가 찾아와 혹시 다른 의사가 잘못 본 것은 없는지 자기 몸속을 들여다보도록 놔두는 수밖에 다른 수가 없었다.

그의 느낌은 명백했다.

"내 얼굴 안에서 뭐가 움직여요."

나는 그의 설명을 듣기도 전에 이미 그날의 피로로 지쳐 있었다. 내가 치료실로 들어가 맞은편에 앉자 그는 자기 문제를 다시 한 번 설명했다. "내 볼 뒤에서 무언가가 움직여요" 눈동자, 갈색, 초점이 잘 맞고 진지함, 중독은 없음, 심각한 흥분도 없음.

"언제부터…?"

그는 내게 이미 몇 주 전부터 그런 기분이 느껴졌으며 그래서 이비인후과, 구강외과 등 여러 병원을 전전한 끝에 누군가로부터는 정신과 진료를 추천받기도 했다고 설명했다.

"거기서 알약을 처방해주었는데 그걸 먹으면 머릿속이 가루처럼 푸석푸석해지는 느낌이었어요. 그래서 약을 끊었죠. 내가 그걸 왜 먹어야 하는지도 이해되지 않았어요."

나는 그의 콧구멍 속으로 작은 내시경을 넣었다. 점막은 정상으로 보였다. 그가 자꾸 뭔가 있다고 주장하는 오른쪽으로 옮기자 과연 통로 중간쯤에서 화농성 분비물이 길을 막았다. 부비동으로 접어드는 구간이었다. 왼쪽 콧구멍은 깨끗했다. 그것 외엔 다른 특이점을 발견하지 못했다. 환자는 순순히 모든 검사를 받았다. 나는 그에게 알레르기가 있는지, 통증이 있는지 등 몇 가지를 더 물었다. 모든 대답이 침착했고 이성적이었다. 편안했다.

"부비동에 약간의 분비물이 눈에 띄긴 하지만 심각해 보이진 않습니다. 그래도 환자분이 불편함을 느끼시는 이유가 거기에 있을지도 모르겠습니다. 환자분은 건강한 젊은 남성이고 불편함은 3주 동안이나 지속됐습니다. 그러니 부비동을 CT로 촬영해봐야 합니다. 그 결과에서 염증 여부를 확인할 수 있습니다."

나는 이미 방사선과에 진료의뢰서를 작성해 두었다. 그는 고개를 끄덕이며 의뢰서를 힐끗 보더니 방을 나갔다. 그는 사진을 들고 다시 돌아올 것이었다.

이틀 후 그가 내게 전화를 했다. 재채기를 하던 중 코에서 무언가 나왔다고 했다. 그는 그게 기생충일까 봐 무서워했다.

기생충에 대한 상상이나 망상성 기생충 감염은 의학계에 널리 알려진 현상이었다. 사람들은 자기 몸안에 무언가가 살아 움직이고 번식할 것을 두려워했다. 노란 벌레가 모공으로 들어가서 자신의 몸안을 야금야금 파먹을지도 모른다는 공포를 느꼈다. 일종의 원초적 불안이었다. 그 역사는 길었고 위력은 막강했다. 생물학적 근거도 충분했다. 우리 인간이 동굴 속 축축한 바닥에서 자던 시절에 기생충은 우리 선조들이 마지못해 받아들여야만 했던 심각한 문제였을 테니까.

　그날 나를 찾아온 서퍼는 빗지도 않은 머리카락을 엉성하게 땋은 채였다. 그는 얼룩진 청바지에서 주섬주섬 지저분한 손수건 한 장을 꺼냈다. 딱 봐도 가래가 한 번만 묻은 게 아니었다. 그걸 펼쳐 보이는 그의 손톱 하단엔 검은 반달이 떠 있었다. 처음에는 가래만 보였지만 서퍼는 손수건을 펼쳐놓고 기다렸다. 휴가에서 사들고 온 이국적인 과일을 들이밀며 '이건 꼭 맛을 봐야 해'라고 말하듯이.

　그 한 중간엔 벌레 한 마리가 누워 있었다.

　기다란 벌레가. 희귀한 선충이.

　누런빛과 회색빛을 동시에 띠는 1~2센티미터의 분절된 몸체가 진찰용 램프의 빛 아래에서 자랑스럽게 반짝이고 있었다. 내 눈길은 확연히 불룩한 한쪽 끝에 머물렀다. 털이 난 굴곡을 보아 머리로 짐작되었다. 그 안에 들어 있었을 몇 안 되는 신경세포는 삭아버린 게 분명했다. 벌레가 분비물 담요 아래에서 미동 없이 누워 있었기 때문이다. 그건 벌레의 시체였다. 나는 완전히 말을 잃었다.

　그런 다음 핀셋으로 그것을 잡았는데, 아무런 저항도 없었다. 황홀과 경이를 품은 우아한 생물체를 시료대 위에 놓자 벌레는 살균된 플라스틱 관에 젖은 먼지처럼 들러붙었다. 나는 그것을 열대병 연구소로 보냈다. 며칠 뒤 그것이 생선 촌충의 성체인 것으로 보인다는 소식을 들었다.

서퍼에게 전화를 걸었다.

"헤, 그 느낌은 완전 사라졌어요" 전화에 대고 그가 웃었다. 그래도 CT를 찍어보는 게 좋을지를 물어왔다.

"아니요, 일단 현 상태로는 그럴 필요가 없습니다" 나는 짐작으로 말했다.

어디서 벌레가 콧속으로 들어간 것 같으냐는 질문에 그는 지난 여행 이야기를 들려주었다. 그는 브라질의 한 해변에서 살았다. 저녁을 먹으러 자주 가던 식당에서는 어부가 직접 잡은 고기를 작은 모닥불에 구워 콩과 토마토, 빵 등과 함께 내놓곤 했다. 그리고 맥주도 아주 많이. 그는 어느 날 밤 중간이 제대로 익지 않은 생선 요리를 먹고 속이 불편했던 것을 생생히 기억하고 있었다. 그날 밤 늦게 속을 게워내야 했으니까.

나는 익지 않은 생선에 벌레들이 있었고 술에 취한 여행자가 위장 내용물을 식도로 끌어올려 토해낼 때 소화가 덜된 음식물 중 일부가 코로 들어간 게 아닐까 짐작했다. 습하고 따뜻한 점막과 부비동의 경계선은 선충이 눌러 살기에 알맞은 환경을 제공했을 것이다. 그래서 독일에 돌아와서까지 살아남은 것이다. 몇 번의 의사 진료에서도 마찬가지다. 심지어 거기서 몸집을 키우기까지 했다. 향유고래 태반에서 8미터까지 자란 선충이 발견된 적도 있었다.

벌레는 코에서 살기엔 너무 크게 성장함으로써 제 무덤을 팠다. 커져버린 몸이 재채기를 유발한 탓에 거주지에서 돌연 환한 빛 아래로 쫓겨나고 만 것이다. 벌레는 서퍼의 손수건에서 시료 용기의 무균 환경으로, 그리고 마침내 뮌헨 열대병 연구소의 전시관으로 점점 더 멀리 추방되었다.

이제 벌레는 브라질과 멀리 떨어진 연구소에 안치되었다. 따뜻한 바다와 모래 해변으로부터 너무 멀리 떨어진 곳에.

이 도시가 얼마나 아름다운지

 새벽 어스름, 공기는 신선했고, 금잔화 향기와 안개의 낌새, 검푸른 큰조아재비의 풀내음이 실려 있었다. 나중에라도 보람이 있었다고 이해할 수 있게 되길 바라면서 길을 나섰다. 작은 포스터 한 장이 든 화구통을 메고 전문가 회의에 가는 길이었다. 하노버의 중심가에서 의사들이 집결하기로 돼 있었다. 학문적으로는 무의미하지만 우리는 거기서 모든 것을 만들어냈다. 병원 정책과 교육 정책의 모든 경로가 그 자리에서 결정된다고 믿었다. 그 말을 믿고 기존의 지식을 배제하고 뇌 안쪽을 들여다보려는 타인의 눈길을 유유히 즐길 수 있다면 좋았을 텐데.

고속 열차가 의사들로 가득 찼다. 역마다 화구통을 메거나 일행을 대동한 의사들이 철 지난 정장이나 닳은 옷을 입고 예약 좌석표로 부채질을 하면서 기차에 올라탔다.

나는 창밖을 내다봤다. 현실 세계의 그 안정된 분위기를 느껴 볼 새가 없었다. 철길 곁에 바짝 붙은 도시 농부들의 텃밭, 기차의 바람에도 흔들리지 않는 가정집의 그네, 기차역 주변의 스낵바들, 대중교통 환승 주차장 표시. 마침내 하노버. 매캐한 회색 도시.

예상대로 우리는 모두 같은 호텔에 묵었다. 얼룩이 눈에 띄지 않도록 짙은 파란색 카펫이 깔린 작은 방들, 냄새가 가려진 쿠션. 창으로 보이는 안마당에는 네모난 에어컨 실외기뿐이었다. 여러 기술이 하나로 뭉뚱그려진 그 거대한 덩어리에서 하루 종일 따뜻한 호흡이 윙윙 낮은 소리를 내며 흘러나왔다. 다음 날 아침 조식 뷔페에 눈가가 검어진 피곤한 얼굴들이 모였다. 모두가 1인분씩, 음식과 함께 의욕도 담아갔다. 이제 막 하루가 시작되었다.

나에게는 회의 하나가 예정되어 있었다. 그 분야를 전공한 참석자들은 분명 중요하다고 여길 테지만, 그렇지 않은 우리들은 무심히 시간을 흘려보낼 뿐이었다. 마치고 나오는 길에 같은 병원에서 일하는 동료와 마주쳤다. 그는 준비된 미소를 내게 발사하며 자신과 너무 상관이 없어서 지루하기만 했던 강의를 듣고 나오는 참이라고 했다. 그는 자신을 중요한 사람이라고 여기는 부류였다. 의사들은 열심히 일했고 그 과정에서 많은 것을 소모했다. 돈, 자원, 실험동물, 인력, 환자, 시간. 자기 인생의 시간과 다른 구성원들의 시간과 자기 가족들의 시간을. 인생 전부를 바쳐 무언가를 생산했다. 어떤 결과와 어떤 깨달음을 생산했다. 하지만 우리가 그것으로 무엇을 만드는지에 대해선 아는 바가 없었다.

그가 자기 연구에 대해 설명하는 도중에 나는 조용히 전시관 쪽으로 몸을 돌렸다. 그의 말을 듣느니 인체 내부를 탐험할 수 있게 도와주는 내시경을 구경하는 편이 100배 나았다.

이틀이 지나고 마침내 다시 집으로 돌아와 문을 닫고 혼자가 되었다. 고요. 혼자 있는 것이 좋았다. 머릿속엔 아직 들끓음이 남아 있었다. 여운. 밖에선 비행기가 구름을 뚫고 지나갔고 그 틈을 힘겹게 뚫고 햇살이 비쳤다. 전화기 자동응답기에서 불빛이 반짝였다.

"안녕, 나야. 하노버 회의 보고서 쓰다가 궁금한 게 생겼는데 너한테서 도움을 받을 수 있을 것 같아서", 멈춤. "급한 건 아니지만 연락 줘. 내 번호는 알지."

바깥이 환해졌다.

더 이상 의제가 아닌 지평선을 바라볼 수 있어서 좋았다. 나는 이 좋은 기분을 머금고 소파에 누워 잠을 청했다. 곧장 꿈이 시작됐다.

근무가 아닌데도 나는 환하게 밝혀진 복도를 서성였다. 확신 없는 걸음이 반짝이는 바닥 위에 부대껴 비명에 가까운 소음을 만들었다. 나는 아직 가본 적 없는 장소들의 이름이 적힌 문들을 지나갔다. 스코틀랜드, 오슬로, 캘리포니아, 팔레르모, 그리고 만족.

문에는 손잡이가 없었고 작은 틈으로 길게 빛이 새어나왔다. 문 뒤로는 어떤 목소리가 들렸는데 그중 몇몇은 친구들의 것임을 알아들을 수 있었다.

나는 달리기 시작했고 신발의 비명소리도 거칠어졌다. 그런데도 몸은 앞으로 나가지 않았다. 땀이 나기 시작했고 다리가 고군분투하는 게 느껴졌다. 어느새 바닥이 진창으로 바뀌었고 허벅지는 무거워진 발을 빼내느라 힘겨워했다. 참을 수 없을 만큼 더웠고 나는 더 이상 문패를 읽을 수 없는 문들을 수천 번씩 두드렸다. 가쁜 숨을 내쉬며 멈춰서 문이 열리길 기다렸다. 그 뒤에선 아무 소리도 들리지

193

않았다. 문 앞에는 낭비라고 적혀 있었다.

그리고 나는 깨어났다. 송글송글 맺힌 땀이 살결 위에 얇은 막을 이루었다. 허벅지에서 근육통이 느껴졌다.

바깥은 완연한 아침이었다. 보리수 나무에 사는 새 몇 마리가 도로 소음을 배경 삼아 노래를 불렀고 그 소리가 먼지와 뒤섞여 열린 창문으로 돌진해 들어왔다.

나는 다시 일하러 가야 한다는 것을 분명히 알고 있었다. 출근길 차 안에서 들은 라디오 진행자는 이 도시가 얼마나 아름다운지를 구구절절 설명했다. 그리고 사실은, 나도 이제 막 그것을 알아챈 참이었다.

눈 깜짝할 새에 모든 것이 달라졌다.

약을 복용하고 싶진 않아요

그는 마흔네 살이고 벌써 머리가 희끗희끗했다. 주름진 목엔 알이 굵은 나무 구슬 목걸이를 걸었다. 딱 달라붙은 바지 위로 살집이 비쳐 나왔고 신발의 가죽 테두리 주위로 뽀얀 살이 흘러넘쳤다. 그는 작은 회색빛 눈으로 나를 바라보며 입을 반쯤 벌리고 내 설명을 들었다. 가끔 고개를 뒤로 젖히기도 했는데 그럴 때마다 이중으로 접혔던 턱이 펴지면서 주름이 사라졌다. 그 대신 접힌 자리에 맺혔던 땀이 빛을 받아 반짝거렸다.

그는 딸 때문에 병원에 왔다. 여덟 살, 상냥하고도 조심성 많은 아이의 얼굴 옆으로 가지런히 딿은 금발이 찰랑였다.

주로 질문을 한 것은 아이였다. 날씨가 좋아 하늘에서는 해가 유쾌하게 빛났다. 도저히 꿰뚫을 수 없는 회색 구름에 뒤덮이기 전까지는, 성가신 질문들이 시작되기 전까지는.

"저한테 알레르기가 있는데 무엇을 해야 그걸 없앨 수 있는지 알고 싶어요…" 아이가 입을 열었다.

"무엇에 알레르기가 있는지 아니?"

"주로 자작나무와 개암나무예요, 그래서 봄에 증상을 많이 느껴요."

"어떤 증상을 느끼니?"

"눈이 가렵고, 재채기를 하고, 몸이 축 늘어져요."

"기침을 하거나 숨쉬기가 힘들 때도 있니?"

"아니요, 그렇지는…."

아이의 병력을 알아내는 데는 전혀 문제가 없었다. 아이는 자기 문제에 관해 스스로 답할 수 있었다. 진료를 마무리할 때쯤 내가 치료의 장단점을 설명하자 보호자가 내 말을 끊었다.

"그런데 우리는 약을 복용하고 싶지 않아요."

"그건 전적으로 환자분이 결정하실 문제지만 그래도 복용을 하는…."

"코르티손과 항히스타민제는 아예 고려 대상에 넣고 있

지 않아요" 그가 커다란 입술로 한 단어 한 단어를 힘주어 내뱉었다. "대신 아연을 먹어보는 건 어떨까요?" 그가 고개를 다시 젖혀 목주름을 펴면서 물었다.

"아연을 먹는다는 게 무슨 말씀이시죠? 영양제로 복용하시는 건지 아니면…."

"알레르기 약으로 아연을 먹는다고요. 제 친구 중 하나가 그렇게 했는데 문제가 사라졌대요."

나는 그를 쳐다봤다. 먹구름이 해를 가린 탓인지 방에 들어오던 빛이 사라지면서 몇 초가 그냥 흘렀다.

"그런 연구 결과는 없을뿐더러 아연은 여러 가지 야채나 다른 식품을 통해서도 섭취할 수 있습니다."

"그러면 알레르기 약으로는요?"

"알레르기 치료는 앞서 제가 설명한 방법들로 진행해볼 수 있습니다. 아연을 먹어서 해가 될 것은 없겠지만 자녀분은 정상적인 영양섭취를 통해서도 충분히…."

"제 친구는 그걸 먹고 문제가 사라졌다고요!" 이제 그는 소리를 질렀다. "걔가 그렇게 말했다고요! 그리고 선생님도 알잖아요, 제약 업계가…" 그는 억지 미소를 짜내면서 말했다. 나는 속눈썹 하나 까딱하지 않으려 안간힘을 썼다.

"저는 아연으로 알레르기 치료를 할 수 있다는 과학적인 증거가 없다는 말씀밖에 드릴 수 없습니다."

"제 친구가 효과를 봤다고요! 저는 먼저 대안요법을 시도해봐야 한다는 입장이에요."

나는 토론 중에 단 한마디도 하지 않은 아이를 바라보았다. 진료용 의자에 점점 더 깊이 파고 들어간 아이는 부끄러워하는 것처럼 보였다. 아이는 자기 손을 쳐다보고 있었다. 보호자는 한숨을 내쉬었다.

"그러면 우리는 아연부터 시도해 보겠어요."

"원하시는 대로 하세요" 내가 말했다. "한번 생각대로 해 보세요. 하지만 별 성과가 없을 땐 제가 도울 수 있다는 것을 잊지 마시구요."

"네, 하지만 제약 업계를 조심해서 나쁠 건 없어요" 그가 일어서서 내 가운에 침을 튀겨가며 마지막 말을 내뱉었다. 그는 무거운 손을 내 손 위에 얹기 전에 고개를 한 번 더 뒤로 젖혔고, 나는 그의 콧구멍 속을 훤히 들여다볼 수 있었다.

그때 그림자 하나가 벽을 따라 날아갔다.

유감입니다

한 동료로부터 전화를 받았다.

"원인 불명의 연하 곤란을 호소하는 81세 환자 한 분을 그쪽으로 보냈어요. 선생님 과에서 보시는 게 더 맞을 것 같아서요."

내가 더 알아낼 게 있을까, 자문해보았다. 얼마 후 환자가 나를 찾아왔다. 검고 가는 그의 눈동자 아래쪽의 얇은 피부가 반원 모양으로 밖으로 말려서 눈꺼풀 안쪽의 붉은 결막이 노출돼 있었다. 이 환자는 한눈에 봐도 안검외반증을 앓고 있었다. 그의 표정은 짜증과 슬픔 사이를 오갔다. 그는 이미 가정의학과와 치과와 심장학과를 전전했다. 그중 누구도 이렇다 할 병명을 찾지 못했다.

　그는 후두 언저리를 움켜쥐고선 침을 삼켰다. 얇고 주름진 피부 밑에서 아래위로 꿈틀대는 울대가 보였다.

　"이 안쪽에 눌리는 느낌이 있어요."

　그는 몇 번 씹는 동작을 하더니 급하게 휴지를 청했다. 그리고 머리를 잔뜩 숙이고는 구역질하는 시늉을 했다. 그러자 주먹만 한 덩어리 하나가 툭 튀어나왔다.

　덩달아 내 속도 울렁거려 토하고 싶어졌다. 그는 나흘에 한 번꼴로 덩어리를 뱉어냈고 그러고 나면 다시 괜찮아졌다. 반년 만에 체중이 17킬로그램 줄었다. 그는 음식을 먹은 지 며칠이 지나면 더 이상 섭취가 힘들어졌고 그러다가 마침내 덩어리를 내뱉고 나면 또다시 원래대로 먹기를 거듭했다.

　그 누구도 그가 하는 말에 똑바로 귀 기울이지 않았고 누구도 그 일을 범상치 않게 여기지 않았으므로 그는 연하 곤란인 채로 그냥 살았다. 연하 곤란에는 수백 개의 아류 유형이 존재했다.

　나는 그의 목을 촉진했다. 왼쪽 후두 아래 특히 부드러운 부분이 체리만 한 크기로 불룩 튀어나와 있었다. 내가 거기를 누르면서 아픈지 물어보자 그가 트림을 했다. 그의 후두와 식도를 진찰했다. 아무것도 보이지 않았다.

우리는 환자에게 바륨죽을 삼키게 한 다음 간단한 엑스레이 검사를 진행했다. 그가 바륨이 함유된 조영제를 목구멍으로 넘기는 동안, 방사선과 동료가 후두와 식도 사진을 찍었다. 그에게선 식도의 협착 혹은 맹낭이 확인되었다.

그리고 그 환자의 문제는 바로 게실에 있었다. 식도 전형적인 위치에 맹낭이 하나 있었다. 바로 거기, 당연하게도 조금 얇아진 그 지점에. 이 맹낭 주위 근육 다발에 변화가 생기자 그의 식도가 반응을 일으킨 것이었다. 당장 완치는 불가능했다. 맹낭이 있다고 해서 무조건 불편이 생기는 것은 아니었지만 이 환자의 경우에는 정상적인 영양섭취가 불가능했으므로 그로 인한 문제가 크다고 할 수 있었다.

인간은 느린 변화에 적응기제를 발동하기 마련이다. 이 환자는 음식을 바꾸는 것으로 변화에 적응했다. 죽이나 부드러운 음식을 먹고 한 번에 소량씩 자주 먹는 편을 택했다. 그러다 어느 순간 그의 칼로리 균형이 깨졌다. 그때부터는 원치 않은 감량이 시작되었다.

"치료를 할 필요가 있어 보입니다, 그렇지 않으면 점점 더 드시는 게 나빠질 수가 있어서…" 나는 그에게 설명했다. 그의 눈이 설명을 좀 더 해보라고 말하는 것 같았다.

"이 병원에서 그 치료를 진행해 볼 수 있습니다."

그가 한숨을 내쉬었다.

"나는 여든한 살이요, 그런데도 수술을 할 수 있겠소?"

마치 술에 취한 기사가 말에서 떨어지듯 그의 목소리 톤이 훅 하고 떨어졌다.

"하지만, 네, 그래도 무슨 조치를 취해야 합니다, 이 상태로 계속 둘 수는 없어요."

"그렇다면, 의사 선생, 내가 이제 어디로 가면 되겠소?"

짧은 정적.

"제가 연락처 하나를 드리겠습니다."

몇 주간 그에게선 기별이 없었다.

그리고 기세 좋은 태양이 아침부터 병원의 외벽을 달구던 어느 날, 한 외과의사가 보낸 편지가 내 우편함에 들어 있었다.

거기엔 이렇게 적혀 있었다: 해당 환자가 게실 절제 후 종격동염을 일으켜 중환자실로 가게 되었다는 소식을 알려드리게 되어 유감입니다. 온갖 노력에도 불구하고 환자는 이틀 만에 패혈성 쇼크로 인한 다중 장기부전으로 사망하였습니다. 다른 소식을 알려드릴 수 없어서 유감스럽게….

　나는 바깥을 내다보았다. 딱따구리가 창문 가까이로 다
가왔다.

사직서

병원장실. 이 방엔 보스가, 병원장이 앉아 있다. 근사한 직함, 병원과 연구소 등 의료계 전반에 널리 알려진 이름.

창문 앞엔 파리 무리가 윙윙대며 날았다. 나는 그 앞에 서서 문을 노려보는 중이었다. 그 뒤엔 비서들이 앉아 있을 거고, 들어가 사직서를 내려는 게 내 계획이었다. 정말 그럴 거야? 어찌됐든 일은 술술 풀리고 있잖아. 하지만 그게 얼마나 오래 갈 것 같아? 그렇게 술술 풀려서 어디까지 갈 것 같아?

동료 하나가 지나가다 나를 보았다.

"여기서 뭐해?"

그 질문에 마땅한 답을 찾지 못한 나는 이렇게 말했다. "제출할 서류가 있어."

그는 비서 중 한 명에게로 사라졌고 문은 불가사의할 정도로 빠르게 그를 빨아들이고는 다시 닫혔다. 나는 이 정도로도 충분하다고 생각했다. 하지만 왜? 이젠 어엿한 12년 차 의사이지 않은가. 그런데도 나는 만성 가려움증처럼 불시로 찾아오는 경멸과 충동, 위축 등의 감정에 시달렸다.

나에겐 병원에 남아 경험을 쌓을 기회가 주어졌지만 몸은 다른 방향을 간절히 원한다는 것을 알고 있었다. 이토록 간절한 건 자유에 대한 열망일까? 아니면 의료계의 관행, 결과에 무관심한 단순 가담자들, 그리고 그로 인한 희생자들을 그저 묵과하는 게 꺼림칙했던 것일까?

어쩌면 풀리는 대로 풀려가는 것이 맞을지도. 성공의 열매는 내 입술을 닫기에 충분히 달았다. 하지만 그냥 성공이 아니라 더 질 높은 성공이, 더 높은 가치가 필요했다. 의사들끼리의 담합을 견디기가 점점 더 힘들어졌다. 그리고 자리를 지키며 계속 싸울 만한 가치도 찾기가 힘들어졌다. 경력과 연봉, 직함 등 부수적 목표들은 더 이상 효력을 발휘하지 못했다. 나는 속이 텅 빈 통나무처럼 공허했고 그 마음이 점점 커져서 나를 무너뜨리기 시작했다. 사람이 북적

북적한 곳에서도 내 마음만은 텅 비어 있었다.

　나는 마치 세상을 바꾸기로 결심한 사람처럼 병원장 특진을 예약한 환자들을 응대 중인 비서실을 지나쳐 뚜벅뚜벅 걸어갔다. 간절하고, 지치고, 거만한 얼굴들을 지나쳤다.

　그리고 넓은 복도로 걸어갔다. 매점과 미장원, 자동판매기와 쇼케이스의 가방들을 지나갔다. 링거줄이나 소변줄을 매단 가운 차림의 환자들과 먹을 만한 것을 찾아다니는 보호자 무리를 지나쳤다. 간식을 손에 든 아이들도 지나쳤다.

　승강기는 사람들로 가득했다. 대머리 청년이 휠체어에 앉아 있었다. 그는 자신을 비웃기라도 하는 듯 한 손엔 감자 튀김 봉지를 다른 한 손엔 여자 친구를 끼고 산부인과 병동에서 내리는 비슷한 연배의 사내를 쳐다보았다. 청년이 몇 층 더 올라가 내린 곳은 종양내과였다. 그의 시선에서는 아무것도 읽히지 않았고 나도 더 이상 읽으려 하지 않았다.

　맨 위층으로 올라가 옥상에 다다르자 확연히 차가워진 공기가 느껴졌다. 눈 아래로 사뭇 경건해 보이는 도시의 저녁 풍경이 펼쳐졌다. 도대체 우리에게 어떤 선택이 가능하단 말인가? 정말 우리가 앞날을 예측하는가? 사람들이 옥상에서 떨어지지 않도록 쳐놓은 높은 울타리 사이로 병원을 바라보았다. 주차료를 내야 나갈 수 있는 주차장의 자동차 수백 대가 장난감처럼 보였다. 언젠가 나는 이곳을 떠나서 다시는 돌아오지 않을 것이다.

그렇게 둘 수는 없었다

"빨리, 소생실로!"

아니야, 아니야, 아닐 거야.

전화기 속 목소리가 왕왕 울렸다. 평화로운 사생활은 깨졌다. 다시 전문가가 될 시간이다. 나는 전화를 건 사람이 누군지 알았다. 경험 많고 나이도 많은 마취과 간호사였다. 평소에도 그는 얼굴에 주름을 새기고 살았다. 중간 길이 금발 머리였고 두려움을 자아내는 양볼 사이에 얇은 입술이 열렸다가 닫힐 땐 건널목 차단기가 떠올랐다. 그에게선 항상 샤넬 넘버파이브의 향기가 났다. 그의 목소리 톤을 요동치게 하는 주제는 오직 두 가지였다. 초과근무와 자녀들.

나는 소생실로 뛰어갔다. 복도 창을 통해 불빛이 스트로보스코프처럼 깜빡이는 것을 보았다. 소생실의 미닫이문은 열려 있었고 그 안에서 진행 중인 혼란은 멀리까지 울려 퍼졌다.

"어서, 혈액 네 통⋯ 정맥줄을 하나 더 잡아⋯ 산소포화도 82⋯ 이비인후과는 오는 중이래?"

그 순간 내가 안으로 들어갔다. 환하게 불 밝힌 처치대 위에 누운 아이 하나를 의사와 간호사 도합 열 명이 둘러싸고 있었다. 여섯 살쯤 된 아이의 얼굴이 하얗게 질려 있었다. 입술과 콧구멍에는 마치 화장을 해보려다 만 것처럼 피가 덕지덕지 묻어 있었다. 얼굴 한가운데가 이상하게 납작했고 안으로 눌린 자리엔 파란 멍이 생겼다.

아이는 벌써 삽관을 했고 호흡을 할 때마다 튜브에는 선홍색 작은 핏방울이 맺혔다. 눈은 반쯤 열려 있었다. 양쪽 팔엔 굵은 정맥주사바늘이 꽂혔다. 의사 하나가 한쪽 주사줄 끝에 달린 플라스틱 병을 힘껏 눌러댔다. 수동식 압력 펌프. 그렇게 하면 좀 더 빨리 아이에게 수액을 공급할 수 있었다. 심전도 신호가 너무 빨라서 마치 어디로 가버리려는 것 같았다. 우리에게서 먼 곳으로. 혈중 산소포화도가 계속해서 아래로 떨어졌다. 그러다가 조금 다시 올랐다. 그

소리들이 뒤섞여 지나갔다.

"6세 아동, 나무를 오르다 낙상. 얼굴이 나뭇가지에 걸렸고 응급의가 삽관, 여기서 재삽관. 헤모글로빈 5, 포화도 나쁨, 다량의 출혈, 흡입기로 배출…."

단어들이 이상하고 뒤틀린 마법에 걸린 시처럼 들렸다.

살짝 그을린 쇠 냄새가 났다. 피가 사방에 흩뿌려지면 철과 단백질이 뒤섞여 그런 냄새가 난다. 천장 불빛이 멍든 아이의 눈에 반사되었다.

"준비되셨으면 지금 당장 수술실로 가야 합니…" 내가 말했다. 아무도 내 말을 듣지 않았다. 심전도가 일직선을 나타내면서 귀를 찢을 듯 울려댔고 그곳에 모인 사람들 모두가 동시에 움찔했다.

"심정지" 수련의 하나가 외쳤다. 그는 자기가 그 사실을 믿을 수 없어서 모두가 이미 즉각적으로 이해한 바를 굳이 입 밖으로 내뱉은 것이리라.

사람들의 움직임이 두 배로 빨라졌다. 한 명이 아이의 흉곽을 압박하자 다른 한 명은 수액줄을 조정했고 또 다른 한 명은 주사를 꺼내어 수액이 흐르는 관에 주입했다.

몇 초가 영원처럼 늘어났다. 신경이 곤두선 채 고통스럽게 흘려보내는 시간. 나는 그 시간이 끝나길, 사라지고 지나가길 간절히 바랐다. 그것은 끝나야만 했다.

제발 끝이길.

제발 끝이길.

몇 초 후 심장박동이 정상으로 돌아왔다. 하지만 잠시의 심정지만으로도 아이가 멀쩡하게 살아남을 가능성이 심각하게 낮아진다는 사실을 모두가 명백히 알았다.

나무에서 떨어졌다니.

아이의 상태가 안정되자 나는 그의 머리 쪽으로 갔다. 피딱지가 입술을 덮었다. 코에서 시작된 선홍색 실개천은 입술 위를 지나 창백한 얼굴로 흘렀다. 그걸 보는 사람의 심정도 좋진 않았다. 아이의 보호자는 어디에 있었지? 여기에서 무슨 일이 일어나는지 그 부모는 상상이나 할까?

아이의 감긴 두 눈 사이로는 아주 좁은 틈만 보였다. 나는 내시경으로 코안을 들여다보았다. 왼쪽 콧구멍은 방금 전에 막혔지만 오른쪽에선 아직도 피가 흐르고 있었다. 나는 석션으로 코 벽에 붙은 보라색 덩어리들과 피를 빨아들였다. 코 선반 맨 끝에 조직 한 조각이 대롱거렸다. 그 부분을 석션으로 조금 들어 올리자 작은 혈관에서 피가 쏟아져 나와 코안을 가득 채웠다. 그 혈관은 주변 조직과는 색이 조금 달랐다. 좀 더 어두운 암적색이었다가 보라색으로 변했다. 내 눈엔 그 변화가 잘 보였다.

빨라진 맥박은 반짝이는 붉은 피를 쉬지 않고 혈관으로 밀어 보냈다. 더 이상 많은 출혈은 없었다. 출혈이 계속됐더라면 아이는 죽었을 것이다. 그 순간 내 두려움은 의무감으로 바뀌었다.

그렇게 둘 수는 없었다. 사과나무에서 놀다가 죽게 둘 수는 없었다.

지혈 핀셋으로 혈관을 지졌다. 출혈은 즉시 멈췄다. 코안에서 가는 연기가 피어올랐다. 나는 숨을 멈추고 작고 두꺼운 구름들이 저항 없이 흡입되는 것을 관찰했다. 우리는 서로를 쳐다보며 몇 분을 기다렸다. 수술실 간호사 하나가 붉게 얼룩진 거즈의 개수를 헤아렸을 뿐, 그 외엔 아무도 아무것을 하지 않았다. 맥박 측정기 리듬에 맞춰 아이의 한쪽 눈꺼풀이 움찔댔다. 모두 숨을 죽였다. 오직 한 마음으로. 아무도 아무 말을 하지 않았다. 우리는 우리 앞에 누운 한 인간의 위력과 대체불가능성과 유일함을 온몸으로 느꼈다. 생의 신비는 연약하다. 1밀리미터 두께의 코 혈관 하나가 남은 생을 결정한다. 한 아이가 학교에 가고 방학을 맞고 해변에 놀러가고 공부를 하고 밤에 혼자 다락에 올라가 울고 실연의 아픔을 겪고 부모가 될 수 있을지를 결정한다. 그 순간 우리는 운명이 어떤 결정을 내리는지를 그저 지켜보는 수밖에 없었다.

아이는 혼자였고 우리 모두는 떨리는 지평선 아래에서 그를 기다렸다. 공허하고 둔탁하면서도 찌르는 듯한 기분은 고통과 크게 다르지 않았다.

나는 조심스럽게 한두 번 피가 났었던 지점을 흡입했다. 계속 아무도, 아무 말도 하지 않았다. 우리는 몇 분을 더 기다렸다. 나는 수술팀 전체가 같은 속도로 호흡하는 것을 들었다. 우리의 마음은 안정을 찾았다. 간호사 중 하나가 마취과 의사에게 작은 소리로 중환자실에 전갈을 보냈는지 물었다. 그의 눈은 검고 아름다운 아몬드 모양이었다.

문제는 해소되었다. 한 아이를 절체절명의 위기로 몰아갔던 상황을 다 함께 해결하는 데 5분이 걸렸다. 에어컨이 돌아가는 소리가 선명히 들렸다. 우리는 아이를 마취 상태로 재우고 중환자실로 옮겼다.

병원에서 나오는 길에 허벅지 통증이 느껴졌다. 소생실에는 빈 의자가 없어서 내내 아이의 머리 옆에 출발 신호를 기다리는 스키 선수처럼 몸을 구부린 채 서 있어야 했기 때문이다. 얼른 샤워부터 하고 싶었다.

직원용 출입구 앞엔 금사슬 나무가 매혹적으로 빛나고 있었다. 그 노랑이 너무 선명해 뺨을 맞은 듯 기분이 얼얼했다. 가볍고 따뜻한 바람에 넘실대는 봄내음이 실려 건물 주위를 휘감았다.

나는 소파에 누워 선잠을 잤다. 다리 전체가 움찔움찔거렸다. 몇 번이고 깨어나 눈앞에서 작은 혈관이 터지는 광경을 보았다.

저녁 무렵 나는 음식을 조금 먹었다.

모든 것이 부질없어 보였다. 뭐가 됐든 더 이상은 아무 흥미가 없었다. 남들은 데이트를 하고 파티를 즐기는 동안 나는 집에 앉아 물을 마셨다.

며칠 뒤 일반 병동으로 아이를 찾아갔을 때 부모가 함께 있었다. 아이는 잘 회복되고 있었다. 웃을 땐 두 뺨에 장밋빛이 어렸고 파란색이었던 멍들도 초록색으로 옅어져갔다. 이튿날이면 집으로 돌아가도 된다는 허락이 떨어졌다. 나는 부모에게 악수를 청하며 나를 소개했다. 그들은 내가 누군지 모르는 눈치였다. 이어진 대화에서 어떡하다가 사고가 났는지를 물었다.

아이의 엄마가 단어 하나하나를 뚝뚝 끊어가며 말했다. "나는 그 나무를 베어 버리자고 했었어요. 그런데 애 아빠가 말을 안 들어서…” 그의 눈빛이 남편을 지나 자신을 바라보는 아이에게로 향했다.

6층에서 그들을 보고 나오는 길에 금사슬 나무가 눈에 띄었다. 나무는 이제 꽃을 대부분 떨어뜨린 후였다. 금사슬 나무의 노랑이 잔디의 초록 위로 흩어져 있었다. 이제 막 감염이 시작된 모습 같았다.

우리 병동의 영혼

태양에 힘이 빠졌다. 그나마 정오 무렵에는 사람들의 어깨를 따스하게 데우는 햇살이 남아 있었다. 하지만 아침에는 세월의 무상함을 곱씹게 되는 계절이 돌아왔다.

나는 병원으로 갔다. 여느 때와 달리 한가했다. 여름의 끄트머리, 사람들은 야외에 머무는 걸 더 좋아했다. 스테이션으로 향하는 복도에선 청소용 세제와 커피 냄새가 났다. 내 몸은 왼쪽에서 오른쪽으로, 다시 오른쪽에서 왼쪽으로 움직였다.

옷을 갈아입다가 가운 주머니에서 이미 오래 전에 퇴원한 환자에 대한 메모를 발견했다. 의국에 도착했더니 모두가 둘러앉아 있었다. 수련의, 본과 학생, 심지어 병동 간호사들까지 다 거기에 모여 있었다.

그들의 눈빛을 본 즉시 뭔가 잘못됐다는 것을 알아챘다. 상한 마음을 엄숙하게 드러내고 있었지만 애통까지는 아니었고 바로 그 전 단계쯤의 분위기가 감지됐다.

"무슨 일 있어요?" 내가 방에다 대고 물었다.

모두가 자리에 앉아 꾸물거리기만 했다.

"내 말 못 들었어요?" 그러자 병동 간호사 하나가 입술을 달싹였다. 그의 숨결에서 커피 향이 났다.

"도대체 뭔데요?"

"그레타의 남편이 죽었어요. BMW를 몰고 시속 180킬로미터로 달리다가 다리 기둥을 박았대요."

그레타는 간호 조무사였다. 위계상 맨 아래 지위. 생사가 오가는 문제와는 가장 무관한 인력. 그는 단순하고 사랑스러운 사람이었다. 태생이 이탈리아인지 알바니아인지는 아무도 몰랐다. 그의 입술엔 항상 진심에서 우러난 여유로운 미소가 걸려 있었다. 마치 이곳에서 생기는 모든 이야기가 자기에겐 그리 중요치 않다는 듯.

하지만 그레타는 모두를 돌보았다. 모두가 실컷 울고 싶을 때면 그를 찾았다. 그는 의사들의 치료사였다. 그는 우리 병동의 영혼이었다.

그는 항상 우리에게 커피와 달달한 간식과 각자가 특별히 좋아하는 음식들을 가져다주었다. 점심으로 생선요리가 나오는 금요일이면 식사가 도착하기도 전에 벌써 그날 생선이 싱싱한지, 아니면 그냥 스파게티를 먹는 게 나을지를 분명히 알고 있었다. 그는 우리 병동 신경계의 시냅스였다. 마치 사람들이 무엇을 필요로 하는지를 온몸으로 감지하는 것처럼 보였다. 심지어는 수술실에서 녹초가 돼 병동으로 올라온 의사에게 담배를 권할 줄도 알았다. 그는 또한 인사이동 소식을 당사자보다 먼저 아는 최고의 소식통이었다.

그레타의 머리는 검었고 눈 아래엔 다크서클이 짙게 드리워져 있었다. 인생에 근심이 없었더라면 그 얼굴에 주름도 없었을 것이었다. 서른이 되기 전에 독일로 온 그는 청소부 일을 시작했다. 그리고 마침내 간호조무사가 되었다.

이따금 그레타와 단 둘이 병동 휴게실에 앉아 있을 때가 있었다. 그가 담배를 피우거나 식기세척기에 접시를 정리하는 동안 나는 커피를 마셨다. 그럴 때면 그는 가끔 나를 돌아다보며 흡연하는 여성 특유의 낮고 따스한 목소리로 단순한 문장들을 툭툭 던지곤 했다.

"거기, 잠깐 앉아 계세요, 사람은 가끔 앉아 있어야 해요."

보편타당성으로 가득 찬 말들을, 가슴에서 우러난 진심 어린 말들을, 아프게 할 생각이 없는 순한 말들을. 나는 그 말에 동의하며 그저 앉아 있을 수 있었다. 굳이 말의 뜻을 생각할 필요는 없었다. 그저 그 말이 이루어지도록 놔두면 됐다. 그를 가득 채운 그 어떤 냄새를 맡다보면 내면 깊은 곳에 버티고 있던 고단함이 조용히 꼬리를 감추고 물러나는 기분이 들었다. 그건 일종의 명상 같은 것이었다. 단순한 말에 '아' 하다보면 어느새 괜찮아지는. 잘잘못을 따지지 않는. 화냄이 없이 그저 거기에 있는. 언제나 변함없는 익숙한 향수 냄새와 조용한 담배 연기를 맡으며.

아.

그러니까 이제 그레타의 남편은 생명을 잃었다. 셔츠 단추 두 개를 풀고 다니던 땅딸막한 남유럽 사람. 그 두 눈에선 달짝지근한 에스프레소가 찰랑거렸었다. 우리 중 그와 친분이 있는 사람은 아무도 없었다. 그래도 그레타는 가끔 그를 병동에 데려왔고 그러면 둘은 우리와 함께 커피를 마셨다. 그 둘이 앉은 테이블에 병동 의사들이 모두 모이는 것도 낯설지 않은 풍경이었다.

그는 작별인사도 없이 집을 나가 차를 타고 사라졌다고

했다. 자정이 되도록 그레타는 그를 기다렸다. 그러다 새벽 2시쯤 병동으로 출근해 야간 당직 간호사와 상의를 했다. 한 번 더 집에 전화를 걸어봤다. 근무를 마치고 귀가했을 때 현관 문 앞엔 이미 경찰들이 서 있었다.

그는 고속도로 교량 기둥을 향해 시속 180킬로미터로 돌진했다. 그에겐 도박 빚이 있었다.

그레타는 신경쇠약에 걸렸다.

반년 후 그레타가 다시 병동에 돌아왔다. 그는 더 이상 그레타가 아니었다. 완전히 다른 사람이었다. 다크서클이 광대뼈까지 내려와 있었다. 머리카락이 빠져서 이마 가장자리가 훤하게 드러났다. 축 처진 입꼬리는 심하게 떨렸다. 말도 거의 하지 않았다. 단순한 문장들을 더 이상 던지지 않았다. 명상도 없고 '아'도 없었다.

나는 더 이상 그의 곁에서 편안함을 느끼지 못했다. 일종의 부채감을 느꼈다. 우리 모두 그를 피했다. 휴식시간이면 하얀 테이블을 혼자 차지하고 앉은 그가 테이블보 가장자리를 만지작거리는 때가 늘어났다.

그에게선 다른 냄새가 났다.

그의 커피에서도 다른 맛이 났다.

우리는 더 이상 그와 함께하길 원치 않았다.

나도 한낱 인간이었다

새벽 5시, 아직 하루가 제 모습을 드러내지 않은 시각, 나는 이불을 떨쳐내고 허공으로 튕겨오르듯 일어났다.

정신을 차리자 기다리고 있던 업무들이 머릿속으로 날아와 꽂힌다. 이를 닦으며 메일함을 열어보았다. 광고, 계산서, 불만 민원, 문의 순으로 읽었다. 그리고 샤워. 병원에 갈 땐 최단 경로를 이용해야만 한다. 그 시간에 대해선 아무도 돈을 내지 않으니까. 쓰임이 없는 시간. 기회비용. 두껍고 둔탁한 시간. 병원에 간 나는 병동의 환자들을 차례대로 호출했다. 그러면 문제가 있는 사람들이 하나씩 들어왔다. 콧수염에 흰 콧물이나 붉은 피가 묻은 채로.

첫 번째 환자가 내 앞에 앉았다.

산발을 한 환자의 잠옷 셔츠 가슴팍에 핏방울 몇 개가 튀어 있다. 그의 콧등에는 하얀 깁스가 반창고로 고정돼 있었다. 퉁퉁 부은 두 눈이 불빛 아래에서 이리저리 흔들거렸다. 쉰 살인 이 환자는 자기 외모가 마음에 들지 않아 성형수술을 받았다. 나는 그에게 이제 콧속에서 둘둘 말린 거즈를 빼겠다고 설명했다. 그리 아플 것은 없지만 그렇다고 기분이 좋을 리도 없는 일이다. 가끔은 거즈를 빼다가 피가 많이 나기도 하는데 일상에 서둘러 복귀해야 하는 사람에겐 특히 불편한 상황이 된다.

나는 핀셋을 들고 거즈를 고정시켜 놓은 실을 조심스럽게 잡았다. 그리고 실을 아주 천천히 점막에서 풀어내면서 환자에게 참을 만한지를 물었다.

그는 미간을 찌푸리며 답했다. "흐음, 그럭저럭."

첫 번째 거즈 뭉치를 콧구멍 밖으로 빼내자 작게 덩어리진 피가 나왔다. 하지만 곧 멎었다.

"자, 한쪽은 다 했습니다. 아주 잘하셨어요. 더 참으실 수 있으시겠어요?"

"네, 괜찮습니다."

그리고 다른 쪽. 천천히, 아주 천천히. 거즈 뭉치가 나왔다. 출혈은 없다. 완벽했다. 내시경으로 코안을 들여다보면서 딱지를 제거하고 분비물과 핏덩어리를 빨아들였다. 딱히 통증이 생길 일은 없었다. 그럼에도 불구하고 다소 창백해진 환자가 눈알을 위로 굴리는 게 보였다. 일단 순환계가 안정될 때까지 그를 눕게 했다.

그러고 나서 우리는 수술부위를 어떻게 관리해야 하는지에 대한 이야기를 나눈 다음 작별했다. 남은 인생에 좋은 일만 있기를. 새로운 코와 함께. 이제 모든 것이 달라질 것이다. 그는 비틀대며 밖으로 향했다.

아주 잠깐 나는 노르웨이 마법사를 생각했다. 어제 일과가 끝나고 우리는 함께 주차장으로 걸어갔다. 돌풍이 그의 머리를 헝클었다. 시간이 부족했다. 우리는 그날 하루 병원에서 있었던 일을 얘기했다. 그리고서 나는 빠른 시일 내에 다시 한 번 만나자고 말했다. 그가 미소를 머금은 채 나를 돌아보자 땋은 금발머리가 좌우로 찰랑였다. 노르웨이에서 온 입술 뒤에서 웃음이 폭발했다. 햇살이 전면 창을 통해 주차된 의사들의 차 안으로 떨어졌다. 빛줄기 안에서 먼지가 떠다니는 게 보였다.

노크 소리가 났고 간호사가 다음 환자가 왔다고 알렸다.

40대 환자가 자기가 여기 왜 와 있는지를 모르겠다는 얼

굴로 나를 쳐다봤다. 무엇을 도와주길 바라냐는 내 질문에
그가 답했다. "그걸 모르니까 여기까지 왔지요."

그는 도발적으로 굴고 있었다. 그럴수록 나는 절제하고
더 절제했다. 그런 사람과 평화를 유지하기 위해 내가 익힌
유일한 테크닉이었다. 나는 부드럽게 웃었다.

그러고 나서 대화를 시작했다. 높낮이가 있는 멜로디로
천천히 그리고 느긋하게 말하려 애썼다. 반면, 그는 입에서
단어들을 마구잡이로 쏟아내면서 앞뒤가 맞지 않는 정보
들을 내 발 앞에 쿵쿵 내던졌다. 마치 그가 그런 설명을 해
야 하는 것이 내 책임인 것처럼.

"네, 그러니까 치과에 가서 네 번째와 여섯 번째 치아 뿌
리 치료를 받았단 말입니다. 하지만 그걸로 해결된 것 같지
가 않았어요. 나 혼자서 그게 아니었다는 걸 깨달았죠. 그
래서 다른 의사에게도 보여야겠다는 기가 막힌 아이디어
를 내니까 치과의사도 동의하더라구요. 그래서 전문가라
고 하는 선생님 동료 몇 사람한테 가봤지만 딱히 더 도움이
되지는 않았어요."

까다로운 환자였다. 지금까지 그가 한 말 중 어디가 불편
한지에 관한 정보는 하나도 없었다. 오로지 자기 어필과 불
평불만뿐이었다.

"그래서 여기까지 왔지요."

나는 그 말을 이해할 수가 없었다. 내가 물었다. "어디가 불편하신 거죠?"

그에게 깔린 의자가 삐걱댔다. 환자의 체중은 120킬로그램쯤 되어 보였다.

그는 손가락으로 위턱을 가리키며 말했다. "여기요, 이 안이 아파요. 그럴 리가 없는데 말이죠."

"불편함을 느끼신 게 언제부터인가요?"

"치과에서 임플란트를 받은 후부터요. 하지만 그건 이미 자리를 잡았는데."

"열이 있나요?"

"저는 열이 나는 부류가 아닙니다."

나는 머릿속에서나마 광속으로 여행을 떠났다 돌아왔다. 그제야 여유와 평안이 마음에 깃들면서 한줄기 상쾌한 바람을 느낄 수 있었다.

"엑스레이 사진은 찍어보셨나요?"

"치과에서 여러 번 찍었어요. 다 정상이었습니다."

"무엇이 정상이란 말씀이시죠?"

"임플란트요."

"코안을 좀 볼까요."

"그러려고 여기까지 왔지요."

나는 내시경을 쥐고 입구에서부터 천천히 안쪽으로 들어가면서 둘레를 꼼꼼하게 진찰했다. 비중격에 딱지가 앉아 있었다. 무거운 몸에 산소를 공급하기 위해 숨을 너무 빨리 빨아들이다보니 기도에서 가장 좁아지는 지점의 점막이 말라붙었다. 코를 고는 사람. 그는 무호흡증을 앓고 있었다. 밤이 되면 그의 뇌에는 산소가 부족해진다.

나는 내시경을 밖으로 빼냈다.

"환자분 코 점막에는 염증이나 변형의 흔적이 없습니다. 다 괜찮아 보입니다."

"그럼 무엇 때문에 그런 거죠?" 그가 물었다.

"부비동 CT 촬영을 해볼 수 있습니다. 그러면 상악동 바닥이 온전한지 혹은 어떤 변형이 있는지를 확실하게 볼 수 있습니다. 하지만 임플란트에 생긴, 예를 들면 작은 염증 반응 같은 변화가 불편을 초래할 수도 있다는 게 제 소견입니다."

그가 의아한 표정으로 나를 쳐다봤다.

내가 말했다. "확실한 것을 원하신다면 부비동 CT를 찍어야 합니다. 그게 아니면 며칠 정도 이부프로펜을 복용하면서 기다려 보는 것도 대안입니다. 불편감을 줄여줄 뿐 아니라 있을지도 모를 염증을 완화하는 데도 도움이 될 겁니다."

"그러니깐 진통제를 먹자고요."

"소염진통제입니다."

"저는 원인을 알고 싶어 하는 부류입니다. 그냥 진통제만 먹진 않을 거예요."

"그래서 제가 사진을 찍어보자고 제안하는 겁니다" 내가 말했다.

"하지만 치과에서 벌써 엑스레이 촬영을 했다니까요."

"어쩌면 치과의사는 치아만 찍었을지 몰라요. 이번엔 뼈와 점막을 두루두루 확인할 필요가 있습니다."

"그건 좀 더 고민해봐야겠어요" 그가 말했다.

그는 다시 거만하게 굴기 시작했다. 그는 자기관점이 분명한 확신론자였다. 나는 그에게 조언을 할 수 없었다. 지금 이 자리에서 간단한 해결책이란 있을 수 없었다. 그걸 받아들이지 못하는 사람들이 의외로 많았다.

"당연히 좀 더 고민해보셔도 됩니다. 저희는 항상 도와드릴 준비가 돼 있으니 언제라도 다시 오십시오."

그는 그제야 미소를 보였다. 내 방에 와서 처음 짓는 미소였다. 그는 내게 손을 내밀며 아주 작은 소리로, 의도한 작은 소리로 "또 봅시다"라고 말했다.

　그는 두툼하고 부드러운 손으로 일부러 힘을 주어 악수를 했다. 나는 곧장 손을 씻고 방향제를 뿌렸다. 그러면서 거울에 비친 내 모습을 봤다. 나도 한낱 인간이었다.

잘 못 지냈어요

  병원에 온 이후부터 줄곧 알고 지낸 어느 커플이 있다. 둘은 겸손하고 멋지고 부드러운 사람들로 항상 손을 꼭 잡고 진료실로 들어왔다. 입술엔 언제나 미소를 머금고 있었다. 그 둘은 다른 사람들이 분노해 마지않는 문제들, 길어지는 대기 시간이나 새치기를 하는 환자들, 제대로 작동하는 법이 없는 승강기 등을 두고 화를 내는 법이 없었다. 그들은 모든 것을 겸허히 받아들였다. 그런 그들의 성정은 내 마음마저 따뜻하게 데웠다.

  하지만 그날은 그의 안색이 그리 좋아 보이지 않았다. 눈에는 불행에 대한 각성과 놀람, 감정의 뒤틀림, 몰이해가 뒤섞인 증기가 뿜어져 나왔다. 입꼬리가 푸석하게 갈라졌고 입술은 냉담하고 엄격하게 닫혔다. 평소엔 웃느라 감춰졌던 팔자주름이 오늘은 건조하고 창백한 피부 위에 새긴 듯이 선명하게 드러났다. 평소와 다름없는 건 향수뿐이었다.

"잘 지내셨어요?"

"잘 못 지냈어요. 남편이 죽었어요." 그가 말했다.

몇 초가 그냥 흘렀다.

그리고 내가 말했다. "어떻게 된 일인지 저한테 말해주실 수 있으세요?"

그는 앞으로 몸을 숙이고선 조심스럽게 말을 시작했다.

"한 시간 전에 일어난 일처럼 기억이 생생해요. 그때의 느낌도 여전해요. 폭풍우가 몰아치는 날, 남편은 심장클리닉에 예약이 있었죠. 그이가 가끔 흉부에 눌리는 느낌이 있다고 해서 카테터 검사를 하기로 했었는데 위험한 건 아니었어요. 저한테 같이 가려는지 묻더군요. 저는 '비가 오잖아, 혼자 다녀와'라고 했죠. 그걸 큰일이라고 생각하지 않았어요!"

그가 말을 멈추자 입꼬리가 떨렸다. 그의 눈 위에선 빛나는 영화 한 편이 상영 중이었고 눈동자 뒤 암막에는 과거에 대한 그리움이 간직돼 있었다.

"그래서 저는 집에서 그이를 기다렸어요. 빗줄기는 점점 거세졌고 집 앞에도 웅덩이가 생기더군요. 어느 순간 이상한 예감이 들어서 병원에 전화를 걸어서 알지도 못하는 간호사에게 다짜고짜 남편을 찾는다고 설명했죠. 간호사는 그가 아직 오지 않았다고 말했어요. 그러면 그이가 어딜 갔냐고 묻자 그건 자기도 모르겠다고 하더군요. 저는 그 즉시 뭔가 잘못됐다는 걸 알았어요. 저는 그걸 정확히 느꼈어요."

그는 양손을 주먹 쥔 채로 팔짱을 꼈다. 그의 손가락은 그리 나이 들어 보이지 않았다. 이야기에 집중한 얼굴이 힘겨운 듯 일그러졌다.

"그래서 저는 역까지 자전거를 타고 가서 지하철을 타고 심장클리닉에 갔어요. 간호사에게 남편이 어디 있냐고 물었더니 의사에게 물어보라고 하더라구요. 그래서 저는 의국으로 가서 방문을 두드렸는데 답이 없었어요. 그래서 다시 간호사에게 물었죠. 간호사는 다시 한 번 노크를 해보라고 했어요. 그래서 다시 의국으로 갔어요. 답이 없었죠. 한번 더 두드렸죠. 그러자 안에서 작게 '네' 하는 소리가 들리더군요. 의사가 손에 녹음기를 들고 서류가 아주 많이 쌓인 책상 앞에 앉아 있었어요. 일단 제 소개를 하고 혹시 제 남편이 어디에 있는지를 아는지 물었어요. 의사도 모른다고 하더군요. 그래서 누구와 얘길 해야 카테터 검사를 받으러 클리닉에 온 남편이 어디에 있는지를 알 수 있을지를 한 번 더 물었죠.”

나는 그의 말을 주의 깊게 들었다. 아무 말도 하지 않고 가끔 고개만 끄덕이면서. 잠시 침묵의 벽이 어른거렸다. 나는 이 작은 여인에게서 진심과 상심 그리고 내게 모든 것을 말하기 위해 마음 깊은 곳에서 끌어올린 용기를 느꼈다.

“의사는 밖에서 기다리면 연락을 주겠다고 말했어요. 저는 간호사들 사이에 한참을 앉아 그들이 약을 조제하고 음식을 나르고 전화를 받고 서류를 작성하는 걸 보았죠. 30분 후 수술실에서 온 것처럼 파란 옷을 입은 다른 의사가 왔어요. 그 의사가 제 이름을 묻고선 뭐라고 말했는데 너무 빨리 말해서 제가 알아듣질 못했어요. 그러자 가만히 서서는 제 남편이 죽었다고 말하더군요. 그러고선 또 뭐라고 했는데 그때부턴 더 이상 들리지가 않았어요.”

그는 울기 시작했다. 소리 없이. 마치 배나무 가지에서 떨어지는 빗방울처럼 눈물만 뚝뚝 흘렸다. 의사가 다시 가버린 후 그는 그냥 거기에 앉아 있었다고 했다. 몇 분이 지나도록 아무런 느낌이 없었다고 했다.

“한동안은 이제 곧 잠에서 깨어 이렇게 나쁜 꿈을 꾼 것에 놀라겠구나 생각하며 기다렸어요. 하지만 저는 계속 거기에, 병원에 남아 있더군요."

창가에서 바람이 제법 세게 일면서 나무들을 부드럽게 흔들었다. 작은 바람 소리가 방 안으로까지 들어왔다.

"그러다 어느 순간 간호사들에게 그러면 제 남편은 어디 있냐고 물었어요. 자기들을 따라오라고 했어요. 어떤 복도를 지나갔는데 간호조무사 하나가 맞은편에서 걸어오던 간호사와 인사를 나누면서 교대가 끝나면 커피를 마시러 가자고 약속을 하더군요. 복도 끝은 교회 예배당으로 이어졌고 그전에 문이 열린 방이 하나 나왔어요. 간호사는 저를 그 안으로 데려갔어요. 거기 침대에 제 남편이 누워 있었지요. 두 눈을 감고, 손엔 플라스틱 장미를 들고서요. 플라스틱 장미…. 저는 바로 그걸 빼버리고 대신 제 손으로 그 손을 잡았어요. 손을 꼭 잡고 울었죠. 내내 거기에 혼자 있었어요. 온 방이 텅텅 비어 있어서 이 모든 게 진짜인지 실감이 나지 않았어요. 어느 순간 그 방을 나와서 병동으로 돌아가는 길을 찾았어요. 마침 거기서 회진 중이던 제 남편의 담당 교수를 만났어요. 무슨 일이 있었던 거냐고 물었고 그는 제 남편이 카테터 검사 중 심각한 심근경색을 일으켜서 사망했다고 말했어요. 더 길게 설명하지도 않았어요! 딱 그렇게만 말하고 옆길로 가버리더군요. 그 뒤로 한 무리의 의사들이 따라갔고 그중엔 의국에 있던 의사도, 파란 수술복을 입은 의사도 있었어요. 그들 모두 저를 지나쳐서 갔어요. 그리고 저는 거기에 그냥 서 있었죠."

나는 그가 얼마나 오랫동안 설명을 했는지, 우리가 이미 얼마나 많은 시간을 써버렸는지를 차마 말할 수가 없었다.

얼마나 많은 시간을 소모했는지. 우리 때문에 대기 시간이 얼마나 길어질지.

"잠시 후 저는 다시 한 번 그이를 찾아갔어요. 얼굴을 쓰다듬고 손을 잡았죠. 그리고 집으로 돌아왔어요. 어떻게 돌아왔는지 모르겠어요. 그냥 그렇게 집으로 돌아와 문을 잠그고선 언제나처럼 제 신발 옆에 서 있는 그이의 신발을 보았죠. 부엌에 놓인 그이 돋보기엔 전날 밤 둘이서 나눠 먹은 도넛 크림이 묻어 있더군요. 저는 어디에 있는지, 이제 뭘 해야 할지 알 수가 없었어요. 어디든 가고 싶었어요. 우리의 부엌에 혼자 있게 되다니. 정말 끔찍했죠."

그는 다시 울기 시작했다. 짧게, 심하게 코를 훌쩍이며, 하지만 눈물은 다시 말랐다.

"제가 도와드릴 일이 있습니까?" 내가 물었다.

"제가 선생님 시간을 너무 오래 뺏었네요. 이제 가야겠어요."

그는 아무 소리도 내지 않고 문을 열었고 나는 와줘서 고맙다고 인사하면서 힘이 하나도 들어가지 않은 그의 손을 잠시 흔들었다.

잠시 앉아 한숨 돌리고 싶었다. 물도 한 모금 마시고 싶었다. 하지만 간호사가 문틈으로 고개를 내밀며 말했다. "선생님, 다음 환자 바로 보셔야 해요. 환자분이 엄청 화나셨어요."

나는 눈 깜짝할 새에 진료실로 들어온 환자에게 인사를 건넸다. 그의 얼굴엔 표정이 없었다. 그가 말했다. "한 시간 전부터 대기했어요. 내일이면 휴가를 떠나야 하고 3분 후엔 밖에 나가야…."

잠시 멈춤.

"어떻게 도와드리면 될까요?" 내가 물었다.

그의 표정이 마치 레몬을 씹은 듯 구겨졌다.

"귀 청소 좀 해주세요."

"거기, 잠깐 앉아 계세요,
사람은 가끔 앉아 있어야 해요."

우리 자신이 빛이 될 때

    어느새 여기에서 14년이 흘렀다. 오슬로에서 의대를 졸업한 노르웨이 마법사도 몇 년 전부터 같은 병원 외과에서 수련의로 일하고 있었다. 일상적 업무 중 우리가 서로를 볼 기회는 흔치 않았다. 본다 해도 눈 깜짝할 새, 그보다 길지도 짧지도 않았다. 알아채기도 힘들 만큼 잠시 잠깐. 긴 병원 복도의 불빛 아래에서 서로를 향해 미소를 지어도 그 마법 같은 순간은 곧장 그다음 꼭 해야 할 일에 잡아먹히고 말았다. 가벼운 대화라도 해보려고 할 때면 어디선가 한 무리가 나타나 내 입을 막았다. 소음이 끊이는 법이 없었다.

    노르웨이 마법사는 달랐다. 그는 의사들의 권력놀음에

관여하지 않았다. 허영심이 없는 성격은 나에게도 영향을 끼쳤고 나는 그것이 좋았다. 그의 부드러움과 우아함은 진지한 척하는 남성 위주의 조직에 부담을 안겼다. 동료들은 그를 관찰했지만 그 은밀한 눈빛은 견고한 노르웨이 마법사의 외피에 부딪쳐 메아리처럼 튕겨나갔다. 동료들은 끊임없이 그를 찧고 빻았다. 나는 그들의 얼굴에서, 그 안에 숨겨진 눈빛에서, 일부러 그를 의식하지 않으려 애쓰는 모습을 읽었다. 어떤 동료들은 심지어 그를 해하려 했다. 그 시절 노르웨이 마법사에게는 그 어떤 흥미로운 수술도 맡겨지지 않았다. 대신 어떤 까다로운 문제가 숨겨진 수술에 그가 투입되었다. 환자의 몸이 권력 행사의 도구가 된 것이다.

집단이 협력하는 방식은 계속해서 변화했다. 그 제도에 순종하는 의사들은 자신만의 판단을 내리기 어려웠다. 기대와 가정은 보이지 않는 독벌레처럼 우리 머리 위를 빙빙 돌았다. 일단 세상에 나돌기 시작한 소문은 병동의 공기를 타고 점차 진실이 되었다.

어느 날 나는 수술실 마취과 의사로부터 호출을 받았다. 탈의실엔 곱슬머리 동료가 땀에 젖은 채 자기 캐비닛 앞에 앉아 새 양말을 신고 있었다.

"무슨 일로 왔어?" 그가 내게 물었다.

"4번 수술실, 악하선 수술 보조하러."

그는 두 눈을 굴렸고 나는 그의 검붉은 결막을 보았다.

"그럼 외래는 누가 맡아?" 그는 혼잣말인 듯 중얼거리며 신발을 접어 신었다.

내가 알게 뭐람. 될 대로 되라지. 나는 세면실로 도망쳤다. 수술실 창문을 통해 노르웨이 마법사가 다른 본과 학생 하나와 함께 하악샘을 절제하려 애쓰는 모습을 보았다. 팔꿈치 아래를 문지른 소독제가 향기로웠다. 꽃향기나 다름없었다. 내가 수술실로 들어서자 간호사 하나가 가운을 입혀줬다.

"다행이에요, 선생님이 와 주셔서…" 마취과 의사가 말했다.

수술대에 다가가 노르웨이 마법사와 눈을 맞췄다. 혼란이 그 거룩하고 매혹적인 눈의 광채를 짓누르고 있었다.

"만성 염증 환자로 모든 게 완전히 들러붙었습니다" 그가 평소보다 카랑카랑한 목소리로 말했다. 그중에 약간의 떨림이 감지되었다. "저희로서는 더 이상 할 수가 없었습니다."

그는 수술대 앞자리를 비우고 뒤로 물러났다. 환자의 해부된 턱 아래는 깨끗해 보였으나 정상이라면 선명하게 구분되었어야 할 선들이 서로 들러붙어 푸석푸석한 덩어리가 되어 있었다. 거듭된 염증으로 그 기관이 목 주변 신경과 혈관에 붙어버린 것이다. 그걸 분리하는 건 너무 힘든 일이었다. 나는 핀셋을 들고 결합 조직을 선에서 떼어내고 그 아래에 무딘 가위를 넣었다 뺐다. 동작을 하나씩 할 때마다 환자의 목에서 피가 줄줄 새어나왔다. 혀 운동과 삼키기에 중요한 신경들 사이에선 탱탱한 경동맥 가지들이 꼬불꼬불 흐르고 있었다. 뻣뻣하게 굳은 회색 결합 조직 가장자리가 주름진 손처럼 모든 것을 완강하게 붙들고 있었다.

"누가 자네들에게 이 수술을 배정했나?"

바로 탈의실에서 마주쳤던 그 동료라고 했다. 그리고 자기는 나가버렸다고 했다. 혼자서도 충분히 해낼 수 있을 거란 말을 남기고서. 그렇게 노르웨이 마법사는 본과 학생과 단 둘이서 이 문제 많고 실험적인 절제 수술을 맡게 되었다.

"아주 잘 했어" 나는 혈관에 눌러 붙은 신경 하나를 거즈로 문질러 떼어내려 하면서 말했다. 그는 이런 수술을 아무런 도움도 없이 덜컥 노르웨이 마법사에게 배정함으로써 그를 벌주려 했다. 나는 목의 긴장을 풀려고 잠시 고개를 들었다. 촉촉이 젖은 그의 두 눈이 반짝이고 있었다. 마스크의 코 주변은 피부에 달라붙어서 어둡게 변색되었다. 그는 얼른 환자 쪽으로 눈을 돌렸다. 속눈썹 위에 땀방울 하나가 다이아몬드처럼 반짝였다. 우리는 두 시간 반 만에 수술을 끝냈다. 그 선들은 제거되었다.

나는 관리동 배기탑을 지켜보면서 그를 기다렸다. 저 아래 통로에서 동료들이 저마다 일회용 컵을 하나씩 들고서 일렬로 걸어가는 게 보였다. 그중 곱슬머리는 내 쪽을 보고 있었지만 증기가 그의 시야를 차단하고 있었다. 나는 계단실로 향하는 문이 닫히는 것을 보았다. 문을 열고 들어가자 거기에, 다 타버린 담배꽁초들 옆에, 노르웨이 마법사가 있었다. 계단실 바닥 위에 앉아 두 팔로 껴안은 무릎 사이로 머리를 박고 있었다. 나는 그 앞에 무릎을 꿇고 앉았다.

"에이, 그래도 잘 됐잖아. 나는 너한테 그 수술을 배정한 것 자체가 옳지 않다고 생각해."

그가 머리를 움찔했다. 눈물 한 방울이 시멘트 바닥에 떨어지자 그 자리가 금세 검게 물들었다. 나는 그의 어깨를 문지르고 삼각근을 가볍게 눌렀다. 운동으로 단련된 몸은 여전히 탄탄했고 선은 날렵했다. 그런 몸이 떨고 있었다.

"이러지 마, 너는 아주 잘했어. 지 생각만 하는 곱슬머리가 나쁜 새끼지. 사회 부적응자, 멍청이. 나도 여기서 외톨이란 느낌을 받을 때가 아주 많아."

계단 저 아래에서 문이 쾅 하고 닫혔다. 나는 밝은색 솜털이 보송보송한 그의 뒷목을 주물렀다. 그는 아이라인이 번져서 슬픈 너구리가 돼 있었다. 세상에서 제일 예쁜 너구리가. 나는 그의 양볼을 닦아주었다. 이 상황을 이용할 생각은 없었다. 다시 자세를 돌려 그가 안정되길 기다렸다. 그리고 자리에서 일어나 창문 사이로 쓸쓸한 회색 하늘이 윤곽도 없이 번져나가는 것을 보았다.

"자!"

나는 그를 일으켜 세웠고 그는 가운으로 얼굴에 묻은 눈물을 훔쳐냈다. 병원엔 수건과 거즈가 천지인데도 우리는 둘 다 손수건이 없었다.

그는 "고마워"라고 말하면서 잠깐 내 손을 꼭 잡았다. 그리고 우리 둘은 계단실에서 밝은 빛으로 나왔다.

그런 상황은 계속되었다. 감정의 적체에 빠진 남자들은 노르웨이 마법사를 괴롭히고 방해했다. 그는 연구 자료를 뒤져 다양한 수술법에 따른 생존율 차이를 정리해야 했고 그 결과는 다른 사람 이름으로 발표되었다. 나는 그를 보호하려고 애썼다. 내 감정은 서서히 더 강해졌고 맹렬해졌고 커졌다. 그러자 내 안에서는 물론이고 병원에서도 혼란이 빚어졌다. 몇몇은 그걸 눈치채고 대놓고 물어보기도 했다.

나는 거짓말과 그럴듯한 핑계로 그들을 속였다.

어느 아름다운 오후, 우린 둘 다 근무 중이었다. 나는 노르웨이 마법사의 수석전문의였다. 까다로운 상황. 그를 숭배하는 내 마음은 병원에서의 지위와 맥없이 충돌했다. 우리가 아주 긴 복도를 걸어갈 때면 맞은편에서 걸어오는 모든 환자와 동료들이 우리를 보고 웃는 것 같았다. 승강기가 6층까지 올라가는 4초는 입술의 부드러움을 느끼기에 충분한 시간이었다. 눈 깜짝할 새가 영원 같았다. 후다닥, 그리고 문이 다시 열렸다. 병동 입구에서 그가 손가락 두 개로 내 손을 쓰다듬었다. 화물용 승강기에서 저녁 식사가 담긴 컨테이너를 옮기던 사람이 그 모습을 보고 내게 고개를 끄덕여 인사하기 전에 은밀한 미소를 보냈다. 말하자면 나는 그의 동의를 얻은 셈이었다.

우리는 뇌막염으로 귀가 들리지 않게 되어 이틀 전 달팽이관 이식 수술을 받은 환자에게로 갔다. 우리는 함께 붕대를 교체하고 환자 뇌막 위 작은 봉합선을 살펴보았다. 그 아래엔 청각기관이 있었다. 우리 눈으로 볼 수 있는 것은 거기까지였다.

"좋아 보입니다" 나는 환자에게 말했고 노르웨이 마법사는 내 입을 주시했다. 환자는 아주 큰 목소리로 우리에게 언제 청각이 정상적으로 작동해 다시 들을 수 있느냐고 물었다.

"2~3주는 더 기다려봐야…" 나는 환자를 이해시켰다. 환자가 웃었다. 나를 향해 웃었다기보다는 우리 셋 사이에 놓인 공간을 향해 웃었다. 우리도 의사라는 직책을 잊고 인간의 온정이 느껴지도록 웃었다. 환자는 노르웨이 마법사의 손을 잠시 잡았다. 그 순간 노르웨이 마법사의 눈동자는 투명하리만치 맑은 파란색이 되었고 나는 그 투명함에 숭고함을 느꼈다.

"우리가 가진 가능성은 정말 굉장해" 병동 복도에서 그가 내게 속삭였다. 나는 가운을 입은 그의 등을 쓰다듬었다. 우리 뒤에서는 식사를 실은 컨테이너가 우레와 같은 소리를 내며 승강기에서 내리는 중이었다. 그래, 우리가 가진 가능성은 정말 굉장하지. 우리가 한 번도 본 적 없는 사람을 해칠 수도 있어, 나는 이렇게 생각하며 흰 신발을 내려다보았다. 우리는 어슬렁거리며 병원 마당을 걸었다. 울창한 보리수와 너도밤나무 아래 놓인 초록색 철제 의자엔 주로 운동복을 입은 환자들이 앉아 있었고 드문드문 병원 직원들도 보였다. 대다수가 담배를 피웠다. 여기서 보니 병원 건물이 마치 내 집처럼 보였다. 건물은 천천히 숨을 내쉬는 사람처럼 하얀 연기를 하늘로 뿜어냈다. 우리는 거기 앉았고 방금 제초작업을 한 잔디밭에서 나는 풀냄새를 맡으며 서로 똑같은 질문을 했다. 여기에, 이 병원에 얼마나 오래 있을 거야?

2주 후, 병원 소풍. 나는 사람들과 함께 여러 나무가 뒤섞인 숲속을 산책했다. 우리도 그 나무들처럼 모두 제각각이었다. 나는 노르웨이 마법사가 있을 거라는 걸 알고 소풍까지 따라나선 참이었다. 우리는 자꾸 다른 무리에 휩쓸려서 갈라졌고 그러면 몇 백 미터씩 자갈길을 걸어 거기서 빠져나오곤 했다. 그리고 어느 순간 결국 우리는 나란히 앉아 있었다. 얼음처럼 차가운 호수에 발을 담갔더니 두 발이 금세 하얗게 변했다. 석고상처럼 굳은 두 발이 수면에서 움찔거리는 모습이 선명하게 보였다. 숨을 쉬는 풀밭에 우리는 두 손을 짚고 기댔다. 다른 사람들은 우리와 몇 미터 떨어진 곳에서 환자들과 돌아올 근무 스케줄에 관한 이야기를 나눴다. 머리 위로 햇볕이 내리쬤고 물속에 넣은 두 발은 점점 더 하얗게 변했고 내 얼굴은 달아올랐다. 나는 손가락으로 노르웨이 마법사를 이리저리 두드리고 손등 위를 쓰다듬었다. 그는 햇살 아래 몸을 길게 뻗었고 나는 풀 위에서 축축해진 그의 손을 잡았다. 우리는 그렇게 다른 사람들 눈을 피해 얼음장처럼 차가운 호숫가에 숨어 손을 잡고 한참을 머물렀다. 우리는 계속 물속을 바라봤고 하얘진 발은 물속에서 서로 뒤엉켰으나 피부가 얼어붙어 감각이 제대로 전달되진 않았다. 우리는 킥킥거리며 웃었다. 그리고 동시에 서로를 바라보았다. 우리 둘 다 지금 여기가 얼마나 아름다운지를 피부로 느꼈고 그 순간 말은 필요가 없었다. 다른 사람들이 앉아 와플을 나눠먹던 저 위쪽, 풀밭에서 낮은 웃음소리가 들려왔다. 그는 고개를 돌려 잠깐 병원 사람들을 쳐다보고선 다시 내 얼굴을 똑바로 바라보았다. 그가 웃었고 다 웃고 난 뒤에 내쉰 숨결의 아랫단에서 들릴 듯 말 듯 가벼운 음색이 메아리쳤다. 그 가녀린 숨결은 시냇물 속에서 속닥대며 아주 짧은 순간 살아 있었다. 나는 호흡을 멈췄고 우리를 둘러싼 모든 것이 얼어붙는 것을 느꼈다. 아무도 볼 수 없도록 보호된 작은 공간 안에서 오직 우리만 계속해서 몸을 움직이는 것 같았다. 그래, 우리 앞날을 같이 하자, 나는 이렇게 생각하고 생각한 바를 문장으로 만들어 최대한 조심스럽게 아주 미세한 외과용 핀셋으로 무언가를 집어내듯 입 밖으로 내놓았다. 그는 그 자리에서 대답했다. 좋아. 우린 둘 다 자리에서 일어났고 내 발바닥은 서서히 자홍색으로 변했다. 재관류 현상. 우리는 다시 다른 사람들의 무리에 섞였고 그가 나보다 몇 미터쯤 앞서 걸어 갔다. 나는 따뜻한 바람이 나를 옆으로 밀어내고 길을 트는 것을 생생하게 느꼈다.

마침내 모든 것이 잘 되었다. 결국, 마침내 우리는 정식으로 사귀게 되었고 나는 이미 처음부터 모든 것이 이 방향으로 움직여 왔다고 느꼈다.

하늘은 가장자리부터 비스듬히 붉어졌고 서서히 저녁이 되었다.

나는 틈이 생기지 않도록 노르웨이 마법사를 두 팔로 안았다. 그 어떤 밤도 더 이상 우리를 갈라놓지 못하도록, 꽉. 그를 코앞에 두고 숨을 들이마시자 금발 몇 가닥이 내 코안으로 들어왔다. 간지러움도 밀려왔다. 나는 한순간도 그를 놓고 싶지 않아 고개를 돌렸다. 그리고 하늘을 올려다봤다. 모든 것이 투명했다. 대기도, 경계도, 우리의 세계에서 우주에 이르기까지 그 어떤 끝도 보이지 않았다. 그 꼭대기는 명료함과 명석함이 지배하는 극점이었다. 여기 아래에 있는 우리에겐 이상향이 필요했고 두려움이 있었다. 여기 아래의 우리는 불안정했다. 수십억 개의 별들이 모인 은하수 십억 개가 빛을 발했고 또 그만큼이나 많은 별들이 보이지 않는 곳에서 미소 짓는 플랑크톤처럼 우리 위를 비추었다.

그의 온기가 옷을 뚫고 내게로 파고들었다. 나는 지금 당장 그 모든 것을 품고 싶었다. 우리는 함께 여기에 있다. 내 머리가 그의 목덜미로 파고들었다. 나는 수많은 순간들의 냄새를 맡았다. 나는 그것의 순서를 맞출 수 없었지만 그 순간들은 우리를 기다리고 있었을 것이다. 친밀함과 심연이 찾아왔다. 푸르스름한 밤의 고요가 우리를 덮었다. 위협은 사라졌다.

　나는 단 한 번도 그 모든 것을 분명히 깨닫지 못했다.

　그것이 아마도 최선일 답변이었다. 어쩌면 지금 나는 그 계획을 좀 더 잘 이해할지도 모른다. 그토록 많은 별이 있어야 하는 이유를. 그리고 우리의 내부가 어떻게 구성되었는지를. 미토콘드리아 하나하나가 저마다의 은하라는 것을. 이곳 아래에서 우리가 어떻게 움직이든, 어떤 고생을 하고 무엇을 기대하고 생각하든 아무 상관이 없다.

　별들에서 우리에게로 떨어지는 빛은 더 이상 빨라질 수 없다. 광속은 이미 무한대다. 우리가 우리의 도구로 하늘을 쳐다볼 때 우리가 알아볼 수 있는 건 이미 전에 한 번 본 적이 있는 별들의 형상뿐이다.

　우리가 내시경으로 몸안을 들여다볼 때 우리 눈에 보이는 건 케이스뿐이다. 모든 것이 기만당할 수 있다.

하지만 우리가 사랑하고 신뢰할 때, 그것은 아무런 문제
가 되지 않는다.

그러면 우리 자신이 빛이 된다.

다시 볼 때까지 안녕히

　오전 9시. 산비둘기 한 무리가 병원 주위를 조용히 맴돌았다. 창문을 통해 바스락대는 날갯짓 소리가 들렸다. 병원 마당 아래 나무들은 파릇파릇하게 터지기 직전이었고 온갖 꽃가루를 통해 충만한 생명력을 뿜어냈다. 생명은 정원을 뒤지고 다니는 회색빛 인간들을 비웃기라도 하듯 세차게 쏟아져 내렸다.

　나는 이제 막 진료실로 들어와 의자에 앉은 환자에게로 갔다. 내 앞엔 나이가 많고 몸집이 조그마한 커플이 와 있었다. 그들의 머리카락은 아침 햇살을 받은 은색 철조망처럼 빛이 났다. 얼굴의 깊은 주름은 노란색 작은 점이 흩뿌려진 건조한 피부에 그림자를 드리우고 있었다. 그들은 아주 편안하게 앉아 있는 것처럼 보였다. 내 귀에 같은 박자로 들락날락하는 그들의 숨소리가 들렸다.

"좋은 소식을 드리지 못해 유감입니다" 나는 말을 시작하고 잠시 멈췄다. 그렇다고 그 둘의 눈이 휘둥그레지지는 않았다. "림프절에서 악성 종양이 발견되었습니다. 완전히 제거할 수 있다고 보장할 수가 없습니다. 수술만으로는 치료가 되지 않을 수도 있습니다."

이번에도 아무 동요가 없었다. 그 말을 듣고도 아무 변화가 없는 아내의 얼굴 위로 잠시 그림자가 날아들었을 뿐.

"하지만 방사선치료를 추가할 수 있고 그건 효과가 좋을…."

"의사 선생님!" 아내가 온화한 사람 특유의 따뜻하고 부드러운 톤으로 내 말을 막았다. 말을 시작하는 그의 얼굴이 환했다. "더 길게 말씀 안 하셔도 돼요. 우리는 이미 다 알아들었어요. 더 이상 해결책이 없다는 거죠. 그것도 이미 받아들였습니다."

나는 무슨 말을 해야 할지 모르겠어서 묵묵히 고개를 끄덕였다.

"제 남편은 준비가 되었어요. 저희는 마지막 시간을 함

께, 품위 있게 보내기로 했어요. 병원에서가 아니라요" 그
가 이 말을 하자 둘은 동시에 미소를 지었다. 나는 내 입꼬
리에도 미소가 걸리는 것을 느꼈다.

"선생님이 이해하실지 모르겠지만, 우리에겐 돈으로 살
수 없는 무언가가 있고 평생토록 그것이 우리를 지켜줬어
요. 우리에겐 우리의 사랑이 있어요. 우리는 항상 서로를
위해 곁에 있어 왔고 앞으로도 그럴 거예요."

나는 그가 마음을 굳게 먹기 위해 마지막 단어를 발음할
때 입을 좀 더 크게 벌리고 힘을 주는 것이라고 짐작했다.

"혹시 우리 중 하나가 먼저 가야 할 때도 우리는 함께할
거예요" 이번엔 남편이 편안해 보이는 얼굴로 말했다. 그
의 눈은 강건했고 자랑스러워하고 있었으며 평안에 이르
러 있었다. 이제 그들은 서로의 손을 잡았다. 아내의 손가
락이 천천히 남편의 손을 쓸어내리자 마르고 늙은 피부에
서 낮고 부드러운 마찰음이 났다. 마치 그의 손이 작은 공
간을 통과해 꽃이 만발한 들판을 날아다니는 것 같았다. 파
란 줄무늬가 그려진 그의 주름진 팔에 햇빛이 비쳤다. 그들
뒤 진료실 바닥에 내려앉은 그림자가 미세하게 떨렸다.

"우리는 치료를 원하지 않아요. 치료는 할 만큼 해 봤어
요."

마치 나를 안심시키려는 것처럼 그가 굉장히 다정하게 말했다. 그 눈빛은 조금 더 단호해져 있었다. 나는 더 이상 말을 해선 안 될 것 같은 기분을 느꼈다. 그 어떤 설명도, 그 어떤 권유도, 그 어떤 토론도 시작해선 안 될 것 같았다. 고민은 끝이 났다. 감사와 자신감이 그 자리를 대신한다. 인간이 무얼 더 바라겠는가?

나는 자리에서 일어나 아내와 남편에게 손을 내밀었다. 그들을 성이 아닌 이름으로 불렀고, 신중하게 고개를 끄덕이며 작은 목소리로 말했다. "그럼 다시 볼 때까지 안녕히."

그들은 천천히 일어나 감사의 인사를 하고 진심으로 "다시 볼 때까지 안녕히"라고 말한 다음 어깨를 서로 맞댄 채 방을 나갔다. 내 등에선 점점 더 강해지는 햇살이 느껴졌다.

다음 환자는 그 어느 환자보다 더 찬란하게 반짝였다.

미하엘. 열다섯 살.

그의 인생은 현실에서 상영되는 슬픈 연극이었다. 시작과 끝이 있거나 혹은 시간이 흐르면서 병이 진행되거나 하는 다른 선천성 질환자들과 달리 미하엘에겐 평생이 병이었다. 미하엘이 곧 병이었다. 그는 밝혀지지 않은 돌연변이를 갖고 태어났다. 그의 머리는 작고, 좁고, 삐뚤어져 있었고 두개골엔 검은 머리카락이 찰싹 들러붙어 있었다.

그는 일찍이 시각을 잃었다.

그는 잘 듣지 못했다.

그는 안짱다리였고 여러 번의 심장수술을 거쳤다.

그는 떨리는 두 손을 구부러진 날개처럼 가슴 앞에 둔 채 구부정하게 걸었다. 그의 손은 무언가를 잡지 못했다.

그도 대뇌피질을 가지고 있었지만 미하엘이 어떻게 인지하고 어떻게 정서를 형성하고 어떻게 의미를 파악하는지에 관해 우리가 아는 바는 없었다. 어쩌면 사랑은 느낄지도. 두려움은 느낄까. 그걸 우리가 어떻게 알겠는가?

그런 그도 고통만은 확실히 알았다. 그가 보청기를 쓸 수 없을 정도로 딱딱해진 귀지를 제거하러 어머니와 함께 병원에 올 때면 나는 이 조그만 환자가 너무 크게 비명을 지르지 않도록 각별히 조심해서 진료를 봐야 했다.

미하엘은 고개를 숙여 닫힌 눈을 세상으로부터 숨겼다. 그에게선 끊임없이 어떤 소리가 났다. 무언가에 기쁨을 느끼면 숨을 빨리 들이마시고 크게 내뱉었는데 그럴 때 좁은 수도관에서 물이 흐르는 소리가 났다. 기저귀가 젖을 때 그의 얼굴은 마치 전구에 불이 들어오듯 붉게 타올랐다.

그가 가장 기뻐하는 것은 바다에 가는 것이었다. 그래서 나는 휴가를 앞둔 여름이면 그의 귀를 각별히 더 깨끗하게 청소했다. 그리고 그의 보호자에게 거듭 미하엘이 어떻게 바다에 들어가는지를 물었다. 그러면 어머니는 반짝반짝 빛이 나는 행복한 눈으로 자기 아들이 아드리아의 물로 들어가는 모습을 설명하곤 했다.

그는 천천히 바다로 걸어가 한숨을 내쉬고 그르렁거리는 소리를 한 번 낸 다음 어깨를 움직였다. 문득 새파란 이탈리아 휴양지의 하늘을 향해 그의 마비된 얼굴이 웃음을 뜻하는 모종의 표정을 보냈다. 겁에 질린 아이들이 그를 둘러싸도 그는 아랑곳하지 않고 머리를 세차게 흔들어 반짝이는 물방울들이 하늘색 여름 공기 위에 연한 무지개를 만들며 떠다니게 만들었다. 그러면 미하엘의 분자를 품은 물방울 하나하나가 따뜻한 바다와 온 세상으로 녹아들었다.

무언가 정상이 아니라는 것

저녁이었고 그는 혼자였다.

그는 병원 침상에 누워 있었다. 그와 함께 하는 건 탁자 위 몇 장의 사진과 자신의 고통뿐이었다. 야간 당직 간호사가 차를 가져오자 페퍼민트를 골랐다. 바로 옆에 붙은 간호사실에서 간호사들이 인수인계를 하면서 웃고 떠드는 소리가 들렸다. 그들은 도시 구석구석에 따스함이 퍼져 있는 이 여름밤에 무엇을 더 할지를 얘기했다. 그중 한둘은 친구들과 야외 맥주집에 가겠다고 말했다.

그것은 뮬러가 다시는 하지 못할 일이었다.

그는 빛이 반사된 천장을 바라보았다. 낮게 내려앉은 태양이 반쯤 내려진 커튼을 비췄다. 뮐러는 부모님과 함께한 유년의 기억들을 떠올렸다. 따뜻한 가르다 호수에 들어간 두 발과 휴가 내내 벗질 않아 모래에 쓸린 자국이 빼곡했던 수영 바지. 3주는 영원 같았고 아이의 삶은 새로운 발견들로 가득했다. 그 삶에 걱정 따위는 없었고 오로지 흥미진진할 뿐이었다.

그의 가족은 텐트에서 잤다. 일순간 그의 코앞으로 간이침대의 린넨향과 막 빨아놓은 침구, 땀, 선크림, 소금, 텐트 밖의 백리향과 로즈마리, 먹다 흘린 람브루스코 와인과 구운 양배추의 냄새가 스쳐갔다.

이제 그는 다시 간이침대에 누워 단 한 번뿐인, 반복할 수도 붙잡을 수도 없지만 분명 그때에는 그 자리에 있었던 그 시절의 행복을 느꼈다.

지금은 모든 것이 사라졌다.

완전히.

남은 것은 병상에서 보내는 나날이었다. 아마 더는 집에 돌아가지 못할 것이다.

다음 날 아침이면 그의 배우자가 열세 살, 열다섯 살 아이들을 데리고 다시 면회를 올 것이다. 그들은 앙상한 얼굴로 누워 있는 아빠를 내려다볼 것이다.

그가 간 다음 그들은 어떤 휴가를 보낼까? 그들은 그와 함께할 때가 아름다웠고 그런 순간이 다시는 없을 거라는 것을 알고 있을까?

찌르는 듯한 통증이 찾아오자 그는 팔을 움찔거리기 시작했다. 점차 통증을 색깔로 분류하는 법을 익힌 그는 스스로에게 '이번 것은 황록색'이라고 말했다. 진통제 펌프 버튼을 한 번 눌렀고 몇 분 후 아무것도 느낄 수 없게 되었다. 좋은 기분마저도. 모든 것이 솜처럼 푹신하게, 물렁하게 남았다. 아직까지는 모르핀이 그를 조금이나마 보호해주었다.

페퍼민트 차가 식고, 창문가가 좀 더 어두워졌다.

한 사람이 떠난 자리에 남은 것은 그리 많지 않았다.

일단 사람이 땅에 묻히고 나면 그에 대한 기억은 가속도로 분해되어 모두에게서 증발해 버린다.

뮐러 씨 위에 하늘색 병원 시트가 덮였다.

그는 좋은 사람이었다고, 입이 바짝 마른 그의 배우자가 힘주어 말했다.

평범한 사람.

나 또한 그를 그렇게 기억했다. 그는 우연히 그렇게 된 사람 중 하나였다. 왜인지는, 악마가 알 것이다. 생물학은 그런 식이다. 무작위로 일어나는 유전적인 현상과 수정이 되지 않는 DNA 상의 작은 돌연변이, 그리고 불멸의 암세포가 출현했다.

그것들은 뮬러 씨의 건강한 몸에서 양분을 찾았고, 수십억 번 분열하였으며, 혈관으로 파고들어가 새끼를 떼로 낳았다. 이것이 싸움을 일으켰다. 뮬러는 살해 세포를 형성하고 혈액에 단백질 신호전달물질을 분포해 방어체계 내 다른 군인들에게도 경보를 내렸다.

하지만 클론은 몇 주 만에 새로운 돌연변이를 출격시켰다. 방해 없는 분열 과정을 통해 면역 군인들이 쉽사리 파악하기 힘든 암세포를 만들어냈다. 그것들은 면역 세포 외막의 일부를 복제하여 방어를 담당한 군인들의 외모를 베꼈다. 그것들이 위장을 한 것이다.

면역 군인들이 찾아낼 수 있도록 빛나는 깃발로 암세포를 표시했던 특수한 단백질은 더 이상 침입자의 세포벽에 깃발을 표시할 수 없었다. 그의 면역 활성 세포들은 패배했다.

뮬러 씨는 패배했다.

그의 목에서 암세포의 림프절 전이가 눈과 손으로 식별 가능할 정도로 진행되기까지 불과 6개월도 걸리지 않았다.

어느 날 아침, 그가 면도를 하다가 목의 멍울을 알아봤을 때는 이미 늦었다. 수십억의 암세포에 의해 그의 몸은 잠식

되었고 많은 장기에서 신체 면역 체계가 감지하지 못한 미세한 암세포들의 정착지가 형성돼 있었다. 암세포라는 마피아들은 간과 폐, 림프에 위성도시를 지었다. 그렇게 형성된 독특한 거대 도시는 보이지 않는 거미줄처럼 온몸을 뒤덮고 그 속으로 파고들었다. 원래 암세포의 새로운 돌연변이가 골수에 포진해 있었다.

그런데도 뮐러 씨는 아주 잘 지냈다.

일주일 후 그는 의사를 찾았다. 그 멍울은 이젠 엄지손가락만큼 튀어나왔다. 뮐러 씨는 혈액검사를 받았고 결과는 정상이었다. 의사는 어쩌면 세균성 염증일지도 모른다며 항생제 치료를 시도했다.

그의 주치의는 3주 후에도 증상에 변화가 없다는 결론에 이르렀다. 그는 뮐러를 도와주려고 자기가 신봉하던 다른 것들을 추천했다. 설탕 외엔 아무것도 들어 있지 않은 구슬들, 세균세포벽 추출물, 식물성 약재들.

아무런 변화가 없었다.

뮐러는 이미 이상한 기분을 느끼고 있었다. 그걸 자주 느꼈다.

환자들은 종종 무언가 정상이 아니라는 것을 알았다.

착각일 때도 있지만 그보단 환자의 그런 기분이 의사에

게 유용한 정보가 될 때가 더 많았다.

그리고 뮬러는 그때 그런 기분을 느꼈다.

그는 자기 몸속에서, 묘사도 이해할 수도 없는 깊은 어떤 지점에서, 전쟁이 일어났다는 것과 그것이 자기 몸의 방어선을 넘은 지 오래 되었다는 것을 느꼈다. 밤이면 그는 뜬 눈으로 누워서 최면에 걸린 것처럼 두 손으로 멍울진 목을 쓸어내리며 혼잣말로 더 커진 것 같다고 중얼거렸다. 그는 혼자서, 오로지 혼자서 천장을 바라보며 이 변화의 원인을 깨닫기를 간절히 갈망했다.

그의 세상을 향한 관심도 바랬다. 마당에 봄이 찾아왔지만 그는 아무런 관심이 없었다. 각종 영수증과 우편물들은 열어보지도 않은 채 식탁에 쌓였다. 보다 못한 그의 배우자가 주방 칼로 봉투를 뜯어 그가 봐야 할 내용들을 접시 옆에 두었다.

그래도 그는 아무런 관심이 없었다.

일상을 구성하는 모든 것이 부차적인 일이 되었다. 친구들이 그에 대해 물어보기 시작했다. 그는 묵묵부답이었다. 맥주도 마시지 않고 볼링도, 축구도 하지 않고 그저 누워만 있었다. TV도 보지 않았다. TV가 켜져 있다 해도 그는 보고 있지 않았다. 화면 앞에서 희미하게 빛나는 건 그의 텅 빈 껍데기뿐이었다.

묠러는 무언가 잘못됐다는 것을 알았다.

그의 몸은 이미 그것을 알고 있었다.

마침내 그는 다시 병원 대기실에 앉았고 의사의 심각한 얼굴이 다소 달라진 것을 보았다.

이후로는 일반적인 여정이 이어졌다. 전문의에게로 전원, 촬영, 초음파, 의미심장한 표정. 다크서클이 낀 의사들은 잔뜩 구겨진 셔츠를 입고 있었다. 과한 업무에 시달리는 노동자들. 묠러처럼 무죄한 사람들의 가혹한 운명을 관찰하는 건 그들에겐 일상이었다.

절제생검. 조직검사와 확진. 종양 위원회. 신변 사항이 삭제된 서류를 두고 종양의 크기, 림프절의 상태를 논의하며 전문가들은 고개를 끄덕인다. 그들은 엑스레이 사진 앞에서 눈을 가늘게 뜨고 아주 작은 덩어리들을 찾아낸다.

화학치료, 방사선 치료. 쇠 이빨을 가진 금속 구조물에 팽팽히 고정된 채 커튼 냄새를 맡는다. 기계에 잡아먹히고 나면 통증을 주지 않는 광선들이 초당 몇 회씩 몸안에서 폭발한다. 목표물에 도달하길 기대하면서.

목표물에.

부작용과 통증.

그리고 입안 점막이 잇몸에서 떨어지면 간호사가 우주인 음식을 가지고 들어온다.

매콤하거나 단 것은? 아이스크림에 복숭아를 얹은 피치 멜바는? 혹시 카푸치노는?

그 시절은 어느 순간 끝이 난다.

언제부터인지는 우리가 알 수 없다. 가늠할 수 없다. 우리는 몸을 대짜로 뻗고 다 타버린 목구멍으로 고래고래 비명을 질러댄다. 모든 것이 얼마나 부조리하고 부질없는지에 대하여.

그리고 그것도 옛일이 된다. 남겨진 모든 것은 유기적 쓰레기 더미다. 생각과 감정, 웃음과 사랑, 분노마저 사라진다. 함께한 삶에 구멍 하나가 남았다. 가족과 친구, 동료 간의 연결고리에도.

거기서 뮬러의 무게가 느껴진다.

남은 것은 단백질 구조를 용해하는 미생물에 의해 금세 재활용된다. 그다음은 지방, 마지막으로 뼈와 치아와 같은 무기체 구조들까지. 뮬러의 '나 됨'을 구성했던 분자들은 그렇게 다시 순환으로 돌아간다.

에너지는 사라지지 않는다. 대단한 의미도, 믿음도, 기대도 없이 계속해서 은하에 존재한다. 에너지는 태양이 부풀어 오르기 시작하여 모든 것이 폭발할 때까지, 모든 것이 녹아 뭉뚱그려질 때까지, 어쩌면 수소와 헬륨으로 응축된 무의 세계에 광속으로 빨려들어 갈 때까지 계속 존재한다. 모든 것, 책과 미술, 건축과 음악, 그리고 무엇보다 우리가 필요할 때 우리 곁에 있은 적이 없던 신들과 그들에 대한 믿음이 분자로 분해되어 의미가 소멸된 채 무로 돌아갈 것이다. 그리고 한때라도 그것들에 의미가 있었다는 것을 아는 이조차 남지 않을 것이다.

부디 긴 인생 내내 그렇게

인생은 매일 새롭게 시작된다.

분만실 앞에 서서 간호사가 문을 열어주길 기다리는 입장이 되자 나는 커튼 다른 편에 선 사람들의 기분이 어떤 것인지를 정확하게 느낄 수 있었다. 예비 부모들에게 일생일대의 도전이 될 만한 그 순간을 간호사는 매일같이 경험한다. 초조한 설렘이 가득한 짧은 순간.

뭡니까?

내가 아빠가 되나요?

어떻게 돼 가나요, 내가 할 수 있는 건 뭐죠?

어떤 선택지가, 처치 가능성이, 전략이 있을까? 무엇이 잘못될 수도 있을까를 자문하다 문득 의사로서의 연차를 떠올리고선 그런 질문을 한 내 자신이 부끄러워진다.

당연하다. 모든 것이 가능하다. 그래도 대부분은 루틴대로 된다. 기존의 진행 흐름을, 출혈과 농도를, 신진대사를 단 몇 초 만에 확 뒤집어 놓을 수 있는 변수가 무엇이 있겠는가?

내 아래 바닥에 밝은 전등 빛이 반사되었다. 숨을 제대로 쉴 수 없어서 벌써 코 주변이 축축해진 마스크를 고쳐 썼다. 거기에 내 배우자가 무통주사를 꽂은 채 누워 있었다. 그는 괜찮아 보였다. 노르웨이식으로 웃었다.

어째서 모두 이렇게 침착한 거야? 원래 이런 건가? 내가 지금 이상한 나라에 들어온 것인가? 철학자와 함께하는 산책 같은 건가? 이 길 끝엔 무엇이 있고 우리는 어느 세상으로 가는 거지?

산부인과 의사가 작게 제왕절개의 시작을 알렸을 때, 이상하게도 유년의 한 단락이 떠올랐다. 그때 내가 흔들림 없이 알고 있던 하나는 내가 무한히 안전하고 자유롭고 무사하다는 것이었다. 나는 흐드러진 나뭇가지 아래에서 울타리 덤불 속으로 들어가 온갖 달팽이, 곤충들과 놀고 있었다.

의사와 수련의들이 내 배우자의 복벽을 열고 그 안으로 손을 집어넣자 나는 그걸 똑바로 쳐다볼 수 없었고 아내도 내가 보지 않길 바란다고 생각했다. 나는 아내를 쳐다봤다. 그는 아주 여유로워 보였다. 코 주변에 희미하게 땀이 맺히긴 했지만 두려워서 진땀을 흘리는 건 아니었다.

나는 의미 없는 말들을 늘어놓았다. "당신을 사랑해. 정말 설렌다. 당신은 괜찮아? 내 눈엔 아직 아무것도 안 보이지만 이제 곧…"

나는 조금 부끄러웠고 스스로가 무기력하게 느껴졌다.

그때 갑자기 울려 퍼진 울음소리!

거기에 있었다.

나의 아기, 나의 아들이.

의사는 피범벅인 작은 생명을 간호사에게 넘겼고 간호사는 곧장 싸개로 아이를 감쌌다.

"귀여운 아이네요" 의사가 말했다.

아내는 "다 정상이지?"라고 물어보고선 눈을 크게 떴다. 나는 아무것도 모르고 아무것도 안 한 주제에 "그럼"이라고 대답했다.

수술 부위 지혈에 들어갈 때쯤에 나는 충격에 휩싸였다. 내 안에서, 한가운데서, 어떤 소용돌이가, 어떤 격렬함이,

어떤 책임이 내 머리를 아플 정도로 꽉 물었다.

눈 깜짝할 새에 모든 것이 달라졌다.

나는 이리저리 움직이다가 간호사에게 내 아이가 어디에 있는지 묻고 혹시 봐도 되냐고 다시 물었다.

"아, 잘 됐네요. 지금은 어디 있나요?"

"금방 보실 수 있을 거예요."

나는 아름답게 빛나는 눈으로 천장을 보고 있는 아내를 뒤로하고 신생아실로 갔다. 내 아내는 완벽하게 고요하고 침착했다. 분자 하나 움직이지 않는 잠잠한 노르웨이 호수처럼.

나는 그에게 그 순간 무슨 생각을 했는지를 물은 적이 없다. 그건 그만의 은밀한 영역이었다. 삶에서 딱 한 번, 짧은 그 순간은 그만의 것이었다. 대신 시간이 흐른 뒤 그때 아팠는지를 물어본 적이 있다.

나는 문 어디를 누르면 열리는지 반사적으로 이미 알고 있었다. 그리고 진찰대 위에 무언가가 놓여 있었다.

커다란 파란색 시트로 감싸인 한 아기가 거기에 누워 있었다. 벌써 눈을 떴고 빛을 보자 눈을 깜빡였다. 아기의 뇌가 자극을 받기 시작한 것이다. 아기 앞에 서자 작게 숨 내쉬는 소리가 들렸다. 나는 수족관을 보듯 아이를 들여다보았다. 나는 그를 발견했다.

소아과 의사가 내게 눈짓을 하고선 모든 게 정상인 것 같다고, 아프가 점수는 10점 중 9점에 해당한다고 설명했다. 나는 그 숫자가 의미하는 바를 알았다. 괜찮다, 모든 게 좋다, 하지만 이게 다는 아니다. 인생의 역경은 눈사태처럼 한순간에 그를 덮칠 수 있다. 내 아들을.

아이를 막시밀리안이라고 부르기로 했다, 그냥. 우리는 그 이름이 예쁘고 좋다고 생각했고 아이와도 잘 어울렸다. 우리의 뇌가 적절한 형식이라고 판단하는 건 다행이었다.

아이는 말로 표현할 수 없을 만큼 아름다웠다. 인생, 우리의 인생이 끊임없이 흘러가는 중에는 이전엔 없던 새롭고 유일한 무언가가 계속해서 나타난다.

인간은 누구나 선하다. 근본적으로는 그렇다. 때 묻지 않은 채 여기까지 왔다. 우리 모두 한때는 이렇게 조그맸고 이렇게 머리에 피지를 뒤집어쓰고 있었다.

아이의 얼굴은 완벽하게 발달해 있었다. 머리는 금발이고 아름다운 갈색 눈가에는 작은 속눈썹이 들러붙어 있었다. 나는 팔불출처럼 "얘 정말 예쁘다…"를 되뇌며 아내에게로 돌아갔다.

아내를 만나려면 밖에서 환복을 해야 했다. 살균이 된 새

수술복을 천 번쯤 입어봤지만 내 인생으로 들어가는 것이라 새삼스러웠다. 아내는 아직도 배를 시트로 덮은 채 누워 있었다. 내가 다가오는 것을 보고 그가 웃었다.

"어때?"

"예뻐, 정말 예뻐….."

"그리고 다 정상이야?"

"응, 완벽해. 아프가 점수가 10점 중 9점이야. 금발에 갈색 눈에 완전 장난꾸러기야."

"분명 장난꾸러기일 거야, 그치?"

몇 초간 더 이런 식의 대화를 이어 나가던 우리의 뇌는 어느 순간 텅 비어 휑뎅그렁해지고 그 안에 행복감이 차오르고 부드러워지고 촉촉이 젖어들었다. 그 순간 나는 아무것도 아닌, 그저 유약한 바보였다. 아내는 작은 소변 주머니를 차고 병실로 옮겨졌다.

나는 다시 아이에게, 내 아기에게로 갔다. 신생아실에서 아기가 작은 체온을 잃지 않도록 꽁꽁 감싸고 머리엔 모자를 씌워서 우리 방으로 데려다 주었다. 아기는 잠들었다. 부디 항상 그렇게 달게 잘 수 있길, 부디 긴 인생 내내 그렇게.

아이가 편하게 잘 수 있으려면 내가 무엇을 해야 할까?

아이는 가냘파서 살을 좀 찌워야 할 것 같았다.

밖에는 바람이 불었고 봄 구름 몇 개가 탑처럼 쌓여서 연파랑 하늘 위에 묵직하게 서 있었다. 술에 취한 것 같기도 살이 찐 것 같기도 했다.

나는 병원을, 빼곡히 불빛이 빛나는 창문 뒤로 사람들이 분투 중인 높고 큰 건물을 떠나 혼자서 집을 향해 차를 몰았다.

부디 항상 그렇게 달게 잘 수 있길,

부디 긴 인생 내내 그렇게

병원 주차장 나무 주위를 바이올렛 덤불이 둘러쌌다. 밝고 예쁜 냄새가 풍겼다. 길고 칙칙했던 겨울 끝에 처음으로 맡아본 유쾌한 향기. 내가 아이와 아내를 데려오기 위해 자갈과 눈이 뒤섞인 길을 따라 걷는 동안, 그 바이올렛 향기가 아편처럼 내 전두엽을 누그러뜨렸다.

내 앞엔 몸집이 큰 건물이 버티고 서 있다. 외벽 사이로 수백 개의 창들이 환히 불을 밝혔다. 매일 수많은 작은 인간들이 그곳으로 들어간다. 그중 일부는 그 안에 남는다. 영영. 그들 중 몇몇에게 바이올렛 향기는 세상이 건네는 마지막 인사가 된다.

그리고 속세에서의 마지막 순간, 대뇌에는 아직 생명이 깜빡이고 있을 그때에 어쩌면 (육체와 온갖 배설물, 소독약, 실내 공기 등) 모든 냄새와 (심전도, 인공호흡기, 간호사들, 신발, 의사들, 경보음 등) 모든 소리, 그리고 (떠오르는 태양, 초록 가운, 파란 가운, 흰 가운, 수술실 조명 등) 모든 색깔 대신 펑하고 솟구쳐 오르는 것은 그 짧고, 아름다웠던 후각적 순간이, 어떤 개념이, 어떤 직감일지도 모른다. 모든 것을 잊어버리게 만들면서도 또한 그 모든 것이 얼마나 위대했는지를 알려주는, 그 무엇을 바쳐도 아깝지 않을 그 순간. 그 지점에서 인간은 도대체 바이올렛 향기처럼 아름다운 무언가를 만들어낸 것은 누구일까, 하는 생각에 경외를 느끼게 된다.

옮긴이 이지윤

한국외국어대학교 영어과를 졸업하고 『프레시안』에서 5년간 정치 기사를 썼다. 2008년 이후 독일로 이주하여 독일 풀다Fulda 대학교에서 '문화 간 소통'을 주제로 석사학위를 받았다. 정갈하고 명료한 문장이 장점이다. 지금은 출판 번역 에이전시 베네트랜스에서 '문화 간 소통'을 번역으로 중개하고 있다.
옮긴 도서로 『형제자매는 한 팀』『지적인 낙관주의자』『만만한 철학』『세금전쟁』 등이 있다.

죽음이 삶에 스며들 때

초판 1쇄 인쇄 2021년 7월 8일 **초판 1쇄 발행** 2021년 7월 15일

지은이 라이너 융트
옮긴이 이지윤
펴낸이 이승현

편집1 본부장 배민수
에세이1 팀장 한수미
편집 양예주
디자인 김준영

펴낸곳 ㈜위즈덤하우스 **출판등록** 2000년 5월 23일 제13-1071호
주소 서울특별시 마포구 양화로 19 합정오피스빌딩 17층
전화 02) 2179-5600 **홈페이지** www.wisdomhouse.co.kr

ISBN 979-11-91766-16-5 03850